हिन्द पॉकेट बुक्स

एकलव्य
तथा अन्य नाटक

मंच पर अभिनय करते नन्हे-मुन्नों को देखकर हर किसी का खूब मनोरंजन तो होता ही है, साथ ही इससे बच्चों की प्रतिभा भी निखरती है और वे सृजनात्मक कार्य करने के लिए प्रेरित होते हैं। महान लेखक कमलेश्वर ने बच्चों के लिए ऐसे ही कुछ नाटक लिखे हैं, जिन्हें मंचन कर बालक-बालिकाएँ अपनी प्रतिभा को प्रदर्शित कर सकते हैं। ये नाटक पौराणिक, ऐतिहासिक और समकालीन विषयों पर भी हैं।

और इन्हें आकर्षक चित्रों से भी सजाया-संवारा गया है। यह पुस्तक बच्चों और किशोरों के लिए तैयार की गई है, ताकि इन नाटकों का अभिनय कर इनसे प्रेरणा लेकर वे जीवन में कुछ ऐसा करें, जिससे उनके साथ-साथ देश का भी नाम रोशन हो।

सुरुचिपूर्ण एवं प्रेरणादायक सचित्र बाल नाटक

एकलव्य

तथा अन्य नाटक

कमलेश्वर

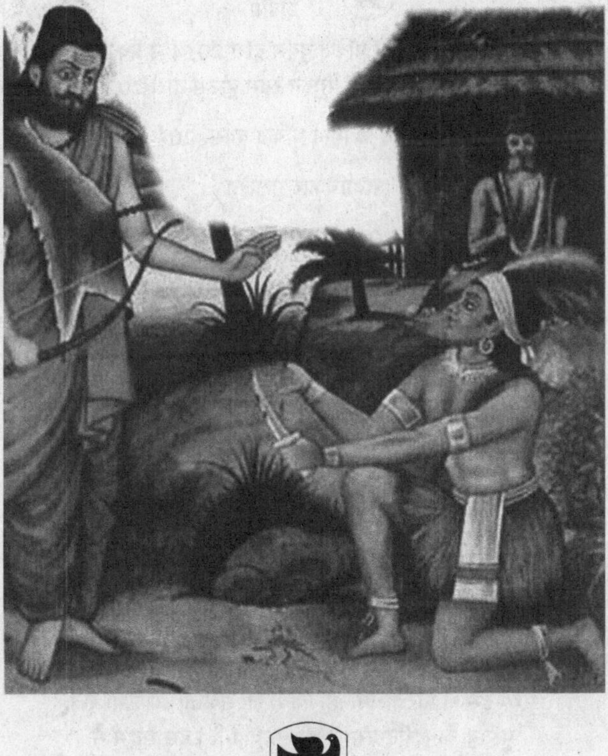

हिन्द पॉकेट बुक्स
पेंगुइन रैंडम हाउस इम्प्रिंट

हिन्द पॉकेट बुक्स

यूएसए | कनाडा | यूके | आयरलैंड | ऑस्ट्रेलिया | सिंगापुर
न्यू ज़ीलैंड | भारत | दक्षिण अफ्रीका | चीन

हिन्द पॉकेट बुक्स, पेंगुइन रैंडम हाउस ग्रुप ऑफ़ कम्पनीज़ का हिस्सा है,
जिसका पता global.penguinrandomhouse.com पर मिलेगा

पेंगुइन रैंडम हाउस इंडिया प्रा. लि.,
चौथी मंजिल, कैपिटल टावर -1, एम जी रोड,
गुड़गांव 122 002, हरियाणा, भारत

पेंगुइन
रैंडम हाउस
इंडिया

प्रथम संस्करण हिन्द पॉकेट बुक्स द्वारा 2014 में प्रकाशित
यह संस्करण हिन्द पॉकेट बुक्स में पेंगुइन रैंडम हाउस द्वारा 2022 में प्रकाशित

10 9 8 7 6 5 4 3 2

इस पुस्तक में व्यक्त विचार लेखक के अपने हैं, जिनका यथासंभव तथ्यात्मक सत्यापन किया गया है, और इस संबंध में प्रकाशक एवं सहयोगी प्रकाशक किसी भी रूप में उत्तरदायी नहीं हैं।

ISBN 9789353491611

मुद्रकः रेप्रो इंडिया लिमिटेड

www.penguin.co.in

FSC www.fsc.org MIX Paper from responsible sources FSC® C047271

This is a legitimate digitally printed version of the book and therefore might not have certain extra finishing on the cover.

क्रम

पिटारा

[मंच कंदीलों, गुब्बारों और क्रेप पेपर की धारियों से खूब सजा हुआ है। मंच पर पीछे वाले पर्दे के बीचोंबीच अर्ध-चंद्राकार पिटारा बना हुआ है, जिसमें एक दरवाज़ा है। यह पिटारा बाँस की खपच्चियों का बनाया जा सकता है और रंगीन कपड़ों से ढका जा सकता है, इसमें इतना स्थान है कि सब बाल कलाकार पहले से तैयार होकर भीतर बैठे हुए हैं। जैसे ही पर्दा खुलता है, एक व्यक्ति मदारी की वेशभूषा में बाँसुरी और डुगडुगी बजाता हुआ बाईं ओर के विंग से आता है।]

मदारी : **(पिटारे की ओर इशारा करता हुआ)** ये जादू का पिटारा, बालकों के वास्ते! ओए पिटारे! बोल क्या-क्या दिखाएगा? **(खूब ज़ोर से बाँसुरी और डुगडुगी बजाता है और पिटारे पर कान रखकर कुछ सुनता है)** आह...हा...**(डुगडुगी बजाकर)** सब कुछ दिखाएगा। बड़ी-बड़ी करामात पेश करेगा। (कुछ क्षण रुककर) ये जादू के देश का पिटारा, बालकों के वास्ते जिसे परियों ने संवारा! इसमें तरह-तरह की मज़ेदार चीज़ें हैं! भरकर परियों ने कहा—बालकों के वास्ते!

[कुछ देर तक बाँसुरी और डुगडुगी बजाता रहता है।]

मदारी : इसमें तरह-तरह की चीज़ें हैं! तो होशियार, तैयार...सब बाबू लोग एक बार ज़ोर से तालियाँ बजाएगा!

[*दर्शक बच्चे तालियाँ बजाते हैं।*]

मदारी : ओए पिटारे खुल जा। **(पिटारे के अभिनेताओं से)** सब कलाकार तैयार! **(पिटारे से जोर से हाँ-हाँ की आवाज़ें आती हैं)** बहुत ठीक। तो सबसे पहले हम नाटक दिखाएगा... **(बढ़कर पिटारे का दरवाज़ा खोलता है और डुगडुगी बजाता है)** हाँ बच्चा लोग! ये नाटक एक भाई और बहिन का

है। भाई विनय वकील बनना चाहता है और बहिन शीला लेडी डॉक्टर...अब आप देखिए...अभिनेता लोग बाहर आ जाओ...

[*विनय और शीला पिटारे से बाहर आते हैं—विनय एक काला कोट पहने हुए है और पैंट और हाथ में फाइल है। शीला डॉक्टरों वाला सफेद लबादा पहने और स्टैथस्कोप गले में डाले हुए है। मदारी डुगडुगी बजाता हुआ एक ओर हट जाता है।*]

विनय : (हँसता हुआ) शीला बहिन! मैं वकील बनूँगा, क़ानून पढ़ूँगा और हाई कोर्ट में जाकर मुकदमे करूँगा! काला काला कोट पहनूँगा, बो लगाऊँगा और टमटम पर जाऊँगा!

शीला : **(खिलखिला कर हँस पड़ती है)** टमटम पर जाएगा! ओ हो हो! ये मुँह और मसूर की दाल! काला कोट **(उसके काले कोट की ओर इशारा करती है)** राक्षस का बाना! मैं तो लेडी डॉक्टर बनूँगी। सफ़ेद लबादा पहनूँगी। **(अपने सफ़ेद लबादे की ओर इशारा करते हुए)** ऐसा। और मरीज़ों को अच्छा करूँगी। **(विनय की नब्ज पकड़कर देखने लगती है)**

विनय : **(हाथ झटककर छुड़ाते हुए)** अरे चल हट, बड़ी आई है लेडी डॉक्टर! वकील और डॉक्टर का कोई मुकाबला है! देश के सारे नेता लोग वकील थे, आज वे हमारे देश को चला रहे हैं...मैं भी उन्हीं लोगों की तरह देश का काम करूँगा, वैसा ही महान बनूँगा!

शीला : **(मुँह चिढ़ाकर)** बहुत कुछ!

विनय : (मुँह चिढ़ाते हुए) पता है कुछ—गाँधीजी वकील थे, नेहरूजी वकील थे...सब नेता पहले वकील थे।

शीला : (मुँह बनाते हुए) ओ हो! लेकिन बाद में सब नेताओं को डॉक्टर की पदवी दी गई। उनका सम्मान किया गया! देख न, डॉक्टर राधाकृष्णन् को! नेहरूजी भी डॉक्टर बनाए गए।

विनय : इससे क्या होता है! वह डॉक्टरी की पदवी तेरी लेडी डॉक्टरी से अलग चीज़ है। उन्हें विद्वान होने की पदवी दी गई। तू तो चीर-फाड़ की डॉक्टर बनेगी!

मदारी : (डुगडुगी बजाकर) लड़ो मत, भाई लड़ो मत।

शीला : (मदारी से) ये मुझसे लड़ता है!

विनय : लड़ूँगा, सौ बार लड़ूँगा। ज़्यादा करेगी तो मार खाएगी!

[*मदारी डुगडुगी बजाता हुआ एक ओर हट जाता है*]

शीला : इतना बड़ा हो गया तब भी लड़ता है! वकील की यही आदत होती है...लड़ाकू कहीं का। तू बन वकील, पर मैं छोटे भैया को डॉक्टर बनाऊँगी, तेरी तरह लड़ाकू वकील नहीं, समझा।

विनय : (अकड़ते हुए) मैं छोटे भैया को वकील बनाऊँगा वकील! जब तक वह वकील बनेगा, मैं जज हो जाऊँगा, वह वकील बनकर मेरी अदालत में आएगा!

शीला : आया तेरी अदालत में। वह किसी अस्पताल में दुखियों की सेवा करेगा। डॉक्टर बनेगा!

विनय : (चीखकर) वह वकील बनेगा!

शीला : नहीं, नहीं, नहीं! सौ बार नहीं।

[*विनय दौड़कर शीला के बाल खींचता है।*]

शीला : छोड़ मेरे बाल **(चीखकर)** छोड़...वह डॉक्टर बनेगा! **(बाल छुड़ा लेती है)** पिटारे में से रमेश की आवाज़ आती है।

रमेश : **(पिटारे के भीतर से)** अरे विनय, विनय!

विनय : कौन है? रमेश...आ जाओ। **(फिर दाँत किटकिटा कर शीला से)** वह वकील ही बनेगा!

रमेश : **(पिटारे से निकलकर दोनों के बीच खड़ा होता है। जज की तरह सिर पर विग लगाए हुए है)** अरे भाई विनय किस बात पर बिगड़ रहे हो!

विनय : मैं कहता हूँ कि छोटे भैया को मैं वकील बनाऊँगा!

शीला : लेकिन मैं उसे डॉक्टर बनाऊँगी!

रमेश : **(दोनों को देखते हुए)** यह मामला ऐसे नहीं सुलझ सकता। इसका फ़ैसला एक जज करेगा! और मैं जज बनने जा रहा हूँ—मैं फ़ैसला करूँगा।

शीला : हाँ-हाँ, ठीक है।

विनय : तुम्हीं फ़ैसला कर दो।

रमेश : बहुत ठीक। मैं जज हूँ। **(रौब से)** तुम लोग अपना-अपना मामला पेश कर सकते हो!

शीला : **(जज के सामने अदब से)** मैं अपने छोटे भाई को डॉक्टर बनाना चाहती हूँ सरकार!

विनय : **(अदब से)** मैं उसे वकील बनाना चाहता हूँ माई लॉर्ड!

रमेश : **(रौब से)** लेकिन तुम्हारा वह छोटा भाई खुद क्या बनना चाहता है? यह उसी से पूछना चाहिए। किसी के विषय में इस तरह का निर्णय करने से पहले उसकी इच्छा जाननी चाहिए।

विनय : माई लॉर्ड, आप हमारे मामले का फ़ैसला करें। उससे क्या पूछना?

शीला : आप हमारा फ़ैसला करें!

रमेश : **(बहुत रौब से)** छोटे भाई को अदालत में फौरन पेश करो. ..तभी फैसला होगा।

विनय : माई लार्ड! आप अपना फैसला दें!

रमेश : **(क्रोध से)** नहीं! पहले उससे पूछना है। वह छोटा भाई है कहाँ, जिसके लिए तुम लोग लड़ रहे हो। उसे यहाँ लाओ!

शीला : **(मुँह, आँखें चमकाते हुए)** वह अभी पैदा ही नहीं हुआ!

विनय : हाँ, माई लॉर्ड! हमारा छोटा भाई अभी है ही नहीं!

रमेश : **(झुंझलाकर)** तब फ़ैसला क्या खाक होगा! मुकदमा खारिज!

[*तीनों हँसते हुए पिटारे में घुस जाते हैं। मदारी डुगडुगी और बाँसुरी बजाता हुआ मंच के बीच में आ जाता है। कई छणों तक बजाने के बाद*]

मदारी : अब हम एक और मज़ेदार चीज़ दिखाएगा! इस पिटारे में बड़ा-बडा चीज़ बन्द है।...अब एक अनोखा प्रोग्राम दिखाएगा। ऐसा-ऐसा बात सुनाएगा जो कभी न सुना हो!–इस प्रोग्राम का नाम है 'एक मिनट'! आप बालक लोग एक मिनट का मूल्य नहीं पहचानता...समय बरबाद करता है, उम्र ख़राब कर लेता है! **(डुगडुगी बजाकर)** तो बालक लोग एक मिनट करामात सुनेगा! **(डुगडुगी बजाकर)** इस पिटारे में एक बोलने वाली घड़ी है। वह बात करती है, सवाल का जवाब देती है। ओए घड़ी! **(पिटारे पर कान लगाकर सुनता है)** आ जाओ बाहर...

[*तभी पिटारे से एक लड़की निकलती है, जिसके सिर पर घड़ी का मुकुट लगा है–निकलकर वह दोनों हाथों से घड़ी की चाल का इशारा करती है, एक हाथ धीरे-धीरे छोटी सुई की गोलाई में चलाती है, एक हाथ बड़ी सुई की तरफ तेज़ी से और मुँह से टिक-टिक, बोलती जाती है।*]

घड़ी : टिक...टिक...टिक...टिक

मदारी : ओए घड़ी, ऐसे नहीं। बालकों की बोली में बोल!

घड़ी : टिक-टिक बोलूँगी, बताऊँगी!

मदारी : तेरा क्या काम है?

घड़ी : समय को नापना और दुनिया को पाबन्द बनाना!

मदारी : **(डुगडुगी बजाकर)** तेरी उमर?

घड़ी : घण्टा, मिनट, सेकिण्ड।

मदारी : यहाँ क्यों आई है?

घड़ी : बालक समय बहुत ख़राब करते हैं, इसलिए मैं उन्हें समय का महत्त्व समझाने के लिए यहाँ आई हूँ!

मदारी : बहुत बढ़िया...**(बाँसुरी बजाता है)** तो बालकों को बता कि संसार में एक मिनट का क्या महत्त्व है। एक मिनट भी कितना क़ीमती है। एक मिनट में क्या-क्या होता है! **(बाँसुरी और डुगडुगी बजाकर)** हर मिनट दुनिया में कितने लोग जन्म लेते हैं!

घड़ी : एक कम सौ। निन्यानवे!

मदारी : और कितने मरते हैं?

घड़ी : पचहत्तर आदमी हर मिनट मरते हैं!

मदारी : शाबाश! और कितनी शादियाँ होती हैं?

घड़ी : पच्चीस!

मदारी : हर मिनट दुनिया में कितना दूध पिया जाता है?

घड़ी : सौ मन!

मदारी : और पानी।

घड़ी : नब्बे अरब गिलास पानी हर मिनट पिया जाता है!

मदारी : **(डुगडुगी बजाकर)** और चाय कितनी पी जाती है?

घड़ी : नब्बे लाख चाय के प्याले हर मिनट खाली होते हैं?

मदारी : और सिगरेट!

घड़ी : चालीस लाख सिगरेट!

मदारी : **(बाँसुरी और डुगडुगी बजाकर)** शाबाश! और बताएगी।

घड़ी : बताएगी।

मदारी : कितने रोगियों को डॉक्टर हर मिनट में देखता है?

घड़ी : पच्चीस लाख रोगियों को।

मदारी : कितना रुपया दवा पर खर्चा होता है?

घड़ी : एक मिनट में एक लाख रुपया।

मदारी : हर मिनट में दुनिया में कितने मुजरिम पकड़े जाते हैं?

घड़ी : दस मुजरिम!

मदारी : **(डुगडुगी और बाँसुरी बजाकर)** कितने ज़रूरी सवाल हर मिनट हल होते हैं?

घड़ी : बीस!

मदारी : कितने अख़बार हर मिनट छपते हैं?

घड़ी : एक!

मदारी : कितनी कविताएँ लिखी जाती हैं?

घड़ी : हर मिनट बीस!

मदारी : कितने मकान आग लगने से जल जाते हैं?

घड़ी : हर मिनट एक!

मदारी : और हर मिनट चूहा कितना नुक़सान करता है?

घड़ी : एक मन अनाज हर मिनट में चूहों द्वारा खाया जाता है!

मदारी : **(बाँसुरी और डुगडुगी बजाकर)** शाबाश, बहुत अच्छे। तूने बालकों को बड़ी मज़ेदार बातें बताईं। अच्छा अब आराम कर...

[घड़ी पिटारे में घुस जाती है। मंच पर केवल मदारी रह जाता है।]

मदारी : अच्छा बालकों! अब हम तुम्हें एक मज़ेदार कहानी सुनवाएँगे। ओए मुन्ना **(पिटारे से हाँ की आवाज़ आती है)** ओए मुन्ना **(पिटारे से फिर हाँ की आवाज़ आती है)** निकल आओ...

[मुन्ना और मुन्नी एक-एक कर कूदते हुए बाहर आ जाते हैं।]

मदारी : हाँ भाई, सुनाओ...**(बाँसुरी बजाकर)** बालकों खामोश! अब कहानी सुनाएगा। हाँ भाई...

मुन्ना : एक हरा-भरा गाँव था। उसमें एक धर्मात्मा ब्राह्मण रहता था।

मुन्नी : उसकी पत्नी बहुत अच्छी थी और उसके एक सुन्दर-सा लड़का था।

मुन्ना : वे खुशी से रहते थे, पर दिन बदलते देर नहीं लगती!

मदारी : हाँ भाई...दिन बदलते देर नहीं लगती!

मुन्नी : उस गाँव में एक साधु आया। भीख माँगता हुआ साधु ब्राह्मण के दरवाज़े पर पहुँचा।

मुन्नी : ब्राह्मण ने उसका बहुत आदर-सत्कार किया। उसे भोजन कराया।

मुन्नी : भोजन करके साधु ब्राह्मण से बोला...

मुन्ना : ओ ब्राह्मण! तेरे परिवार पर दुःख की घटाएँ छाने वाली हैं!

मदारी : **(बाँसुरी बजाकर)** दुःख की घटाएँ! फिर क्या हुआ?

मुन्नी : ब्राह्मण उदास हो गया। उसकी पत्नी ने साधु से पूछा—महाराज बचने का कोई उपाय बताइए!

मुन्ना : साधु बोला—तुम लोग इस गाँव को छोड़कर कहीं और चले जाओ...उसका फल अच्छा होगा।

मुन्नी : आख़िर उन लोगों ने अपना पुराना गाँव छोड़ दिया। ब्राह्मण अपनी पत्नी और बच्चे को लेकर निकल पड़ा। चलते-चलते बच्चा थक गया...

मदारी : **(डुगडुगी बजाकर)** हे राम! बड़ी मुसीबत पड़ी! फिर क्या हुआ?

मुन्ना : वे एक सराय में ठहर गए। सराय की भटियारिन ने उस पर दया करके ब्राह्मण को मेहमानों की सेवा और ब्राह्मणी को रसोई आदि का काम भी दे दिया।

मुन्नी : वे लोग अपना-अपना काम करने लगे।

मुन्ना : एक रोज़ एक सौदागर सराय में आया। उसने ब्राह्मणी के हाथ का बना भोजन खाया!

मुन्नी : उसे भोजन इतना पसन्द आया कि उसने भटियारिन से कहा, जिसने यह भोजन बनाया है उसे तू मेरे साथ कर दे। मैं तुझे मालामाल कर दूँगा! तुझे धन से भर दूँगा!

मुन्ना : भटियारिन लोभी थी। पचास मुहरों के लालच में उसने सौदागर की बात मान ली।

मदारी : **(डुगडुगी बजाकर)** लालच बुरी बला है भाई! भटियारिन उसमें फँस गई। फिर क्या हुआ?

मुन्नी : दोपहर को भटियारिन ब्राह्मणी से बोली—तू दिन भर रसोईघर में काम करती है, चल तुझे नदी के किनारे घुमा लाऊँ। वहाँ एक सौदागर की नाव खड़ी है, उसमें से कुछ बर्तन तेरे रसोईघर के लिए ख़रीद लाऊँगी...आ चल...

मुन्ना : बेचारी भोली ब्राह्मणी उसकी बातों में आ गई। वे दोनों नाव पर पहुँचीं...

मुन्नी : तभी उस दुष्ट सौदागर ने नाव खोल दी। भोली ब्राह्मणी नाव पर रह गई...

मुन्ना : और भटियारिन पचास मोहरें लेकर सराय में लौट आई!

मदारी : **(डुगडुगी बजाकर)** बहुत बुरा हुआ भाई...लेकिन फिर क्या हुआ!

मुन्नी : बेचारे ब्राह्मण और उसके बेटे पर मुसीबतों का पहाड़ टूट पड़ा ...आख़िर ब्राह्मण अपने बेटे को लेकर उसकी खोज में निकला!

मुन्ना : शाम हो गई थी! ब्राह्मण दूसरी नाव लेकर उस पार चला। अपने बेटे से बोला—तेरी माँ को खोजकर लाता हूँ। तू सराय में लौट जा। वहीं मेरा इंतज़ार करना।

मुन्नी : लेकिन वह अकेला बालक अपने माँ-बाप की प्रतीक्षा में रोता हुआ रात-भर नदी के किनारे बैठा रहा! उनके आने की बाट देखता रहा!

मुन्ना : सुबह होते ही राजा के सिपाही नदी के किनारे आए और उस बच्चे को उठाकर ले गए!

मदारी : **(भय और आश्चर्य से)** सिपाही आए! और बच्चे को ले गए!

मुन्नी : हाँ! उस राजा के कोई पुत्र नहीं था।

मुन्ना : राजा को चिंता थी कि उसके बाद गद्दी पर कौन बैठेगा!

मुन्नी : इसीलिए राजा का आदेश था कि सुबह-सुबह जो भी लड़का नदी किनारे मिलेगा, उसे मैं गोद लूँगा। वही राजकुमार होगा।

मुन्ना : वह बालक राजकुमार हो गया।

मदारी : **(खूब डुगडुगी और बाँसुरी बजाकर)** वाह...वाह...वह राज. कुमार बन गया! लेकिन उसके माँ-बाप का क्या हुआ?

मुन्नी : उनके कष्टों का अन्त नहीं था! वह ब्राह्मण रात में उस सौदागर की हवेली में पहुँचा...

मुन्ना : और सौदागर ने उसे चोर समझकर पकड़ लिया। उसे रस्सियों से कस दिया।

मदारी : **(आश्चर्य से)** फिर क्या हुआ?

मुन्नी : दूसरे दिन उस ब्राह्मण को राजा के दरबार में लाया गया।

मुन्ना : राजा, राजकुमार के साथ बैठा था!

मुन्नी : राजकुमार ने अपने पिता को पहचान लिया!

मुन्ना : ब्राह्मण अपने बेटे को राजकुमार के रूप में देखकर अचरज में पड़ गया।

मदारी : (बाँसुरी बजाते हुए) कितना मधुर मिलन है यह। फिर क्या हुआ?

मुन्नी : राजकुमार ने अपने पिता को छुड़ा लिया।

मुन्ना : उसकी माँ भी सौदागर के चंगुल से छूट गई।

मुन्नी : सब खुशी-खुशी राजमहल में रहने लगे।

मुन्ना : और दुष्ट सौदागर तथा भटियारिन को सज़ा मिली।

मुन्नी : दोनों को क़ैद में डाल दिया गया।

मुन्ना : वही बालक बड़ा होकर राजा हुआ...

मदारी : **(बाँसुरी बजाकर)** सच है। पापियों को दण्ड अवश्य मिलता है और धीरज तथा सहनशीलता से सदैव मुसीबतों पर विजय मिलती है। अच्छा मुन्ना-मुन्नी, अब तुम जाओ ...

[*मुन्ना-मुन्नी पिटारे में चले जाते हैं।*]

मदारी : बालक लोग ख़ुश हुआ। अब हम एक और मज़ेदार चीज़ सुनवाएगा...**(बाँसुरी और डुगडुगी बजाता है)** इस पिटारे में बहुत-बहुत चीज़ बन्द हैं। अब हम चुटकुला सुनवाएगा। हमारे पास पिटारे में दो बबुआ बन्द है। हम उनमें चाभी भरेगा, बस वह चुटकुला सुनाने लगेगा। उनका नाम चटकल है भाई...**(बाँसुरी बजाकर)** अब हम उसको आपके सामने पेश करता है। ओए चटकल! **(आवाज़ लगाता है)**

चटकल : **(पिटारे के भीतर से)** हाँ।

मदारी : तैयार?

चटकल : तैयार हैं।

मदारी : तो फिर निकल आओ बालकों के वास्ते...

[*दो लड़के जोकरों की वेशभूषा में निकल आते हैं—कूदते हुए।*]

मदारी : चुटकुला सुनाएगा? अपनी करामात दिखाएगा?

चटकल : हाँ सुनाएगा।

मदारी : तो फिर सुनाओ...(**बांसुरी और डुगडुगी बजाता है**)

चटकल एक : एक दर्जे में मास्टर साहब गणित पढ़ा रहे थे। जब पढ़ा चुके तो एकाएक उन्होंने विद्यार्थियों से एक प्रश्न पूछा।

मदारी : (**बाँसुरी बजाकर**) क्या पूछा?

चटकल दो : यह पूछा—मान लो एक कमरे की ऊँचाई पन्द्रह फुट है, लम्बाई बारह गज और चौड़ाई आठ गज और उसमें सात-सात फुट के दो दरवाज़े बने हुए हैं और तीन खिड़कियाँ तीन-तीन फुट की हैं, तो बताओ मेरी उमर क्या है?

मदारी : (**कुछ सोचकर**) उमर क्या है?

चटकल एक : एक विद्यार्थी ने बताया—मास्टर साहब, चालीस साल।

चटकल दो : सारे विद्यार्थी आश्चर्य में पड़ गए। उनकी समझ में प्रश्न ही नहीं आया था। मास्टर साहब ने पूछा—तुमने कैसे हल किया इस प्रश्न को।

चटकल एक : विद्यार्थी बोला—साहब मेरे घर के पास एक आधा पागल रहता है, उसकी उमर बीस साल है!

मदारी : **(बासुँरी और डुगडुगी बजाकर)** वाह, भाई वाह! अच्छा एक और सुनाओ।

चटकल दो: एक बार की बात है। स्कूल की छुट्टी हुई। अँग्रेज़ी के मास्टर साहब अपना हैट लगाकर बाहर निकले।

चटकल एक :मास्टरजी हैट उलटा लगाए थे। एक लड़के ने देखा तो पास जाकर बोला—

चटकल दो: सर, आपने भूल से हैट उलटा लगा लिया है...आगे का सिरा पीछे है।

चटकल एक :मास्टरजी बोले—अरे बुद्धू, तुझे क्या मालूम कि मैं किस ओर चलने वाला हूँ!

मदारी : **(बासुँरी बजाकर)** वाह भाई, बहुत अच्छे! अच्छा बालकों, हम अपना पिटारा बन्द करते हैं, फिर कभी आएँगे...**(कुछ सोचकर)** अच्छा आप लोगों को अपने बाल कलाकारों से मिला दूँ। **(पिटारे की ओर मुँह करके)** बाल कलाकारों, निकल आओ!

[*सब बच्चे बाहर आकर दर्शक बालकों के सामने खड़े हो जाते हैं और जयहिन्द करते हैं।*]

(पर्दा गिरता है)

सिंह चला गया

[मंच पर झाड़ियों और रेत के कारण पता चलता है कि यह वीरान जगह है। शिवाजी अपने पाँच-सात सैनिकों के साथ चिंतामग्न बैठे हुए हैं। सैनिक बार-बार विंग की ओर देखते हैं जैसे किसी के आने की बाट देख रहे हों। शिवाजी चिंता में डूबे हुए पत्थर की शिला से उठ खड़े होते हैं।]

शिवाजी : **(चिंता से)** अभी तानाजी नहीं आए...

एक सैनिक : **(विंग की ओर उचककर देखते हुए)** दूत सदाशिव भी वापस नहीं आया।

शिवाजी : क्या कारण है, कुछ समझ में नहीं आता...

राजीवसिंह : लेकिन महाराज! **(कुछ रुकता है)**

शिवाजी : क्या बात है, राजीवसिंह?

राजीवसिंह : तानाजी के पुत्र का विवाह है, महाराज। वे उसमें लगे हुए होंगे।

शिवाजी : वीर के लिए समय की माँग अधिक महत्वपूर्ण होती है, राजीवसिंह! तानाजी से अभी तुम परिचित नहीं हो... तानाजी सच्चे वीर हैं!

[*तभी तीन-चार सैनिक और आते हैं और चुपचाप खड़े हो जाते हैं।*]

शिवाजी : **(सैनिकों को देखते हुए)** वीरो! हम एक महत्वपूर्ण काम के लिए एकत्रित हो रहे हैं...

एक सैनिक : **(जो विंग की ओर देख रहा था)** महाराज, कोई आता हुआ जान पड़ता है!

[*सब उधर ही देखने लगते हैं। इतने में दूत सदाशिव आता है—हाँफता हुआ।*]

सदाशिव : छत्रपति की जय हो!

शिवाजी : क्या समाचार लाए हो, सदाशिव?

सदाशिव : महाराज! तानाजी के पुत्र का विवाह हो रहा था। आपकी बात कहना मेरा कर्तव्य था। जैसे ही मैंने कहा कि छत्रपति ने आपको बुलाया है, वैसे ही तानाजी पुत्र का विवाह छोड़कर उठ खड़े हुए...

शिवाजी : विवाह छोड़कर उठ खड़े हुए! तो विवाह हो जाने देते, कुछ रुककर चले आते!

सदाशिव : मैंने भी यही कहा था महाराज, पर वे माने ही नहीं। सारा उत्सव छोड़कर चल पड़े...अभी आते ही होंगे!

शिवाजी : तानाजी सच्चे वीर और योद्धा हैं!

[*तभी एक सैनिक हर्ष से चीख पड़ता है।*]

सैनिक : तानाजी आ गए...तानाजी...

[*तानाजी का प्रवेश*]

तानाजी : जय हो छत्रपति की!

शिवाजी : **(एकदम हर्ष से भरकर तानाजी को बाँहों में भर लेते हैं)** तुम आ गए, तानाजी! कितनी प्रतीक्षा थी तुम्हारी. ..**(फिर उनके पहनावे और पगड़ी की ओर देखते हुए)** तुम तो पुत्र के विवाह-उत्सव के कपड़े पहने ही चले आए!

तानाजी : **(विनय से)** आपकी आज्ञा मिली थी!

शिवाजी : **(हँसकर)** पुत्र का विवाह करके आ जाते! एक पहर की बात थी!

तानाजी : योद्धा के लिए यह सब आवश्यक नहीं होता, महाराज। आज्ञा कीजिए!

शिवाजी : **(विंग की ओर ऐसे देखते हुए जैसे कुछ दूर पर कोई किला दिखाई पड़ रहा हो)** वह किला देखते हो तानाजी! **(इशारा करते हैं)**

[*सब सैनिक उधर देखने लगते हैं।*]

तानाजी : वह सिंहगढ़ है, महाराज!

शिवाजी : **(कुछ उदास होकर)** हाँ, सिंहगढ़ है, तानाजी। वहाँ की प्रजा दुखी है...हमारे गुरुदेव की इच्छा है कि उसे तत्काल मुक्त किया जाए!

राजीव सिंह : पर महाराज, वहाँ का राजा उदयभानु बहुत शक्तिशाली है!

सदाशिव : सिंहगढ़ के राजा के पास पठानों की सेना है!

शिवाजी : **(उन्हें शांत करते हुए)** हाँ, राजा उदयभानु के पास पठानों की सेना है, हमारी शक्ति बहुत कम है...पर गुरुदेव ने कल मुझसे कहा था कि सिंहगढ़ की प्रजा के ऊपर भयानक अत्याचार हो रहे हैं...इसीलिए मैंने तुम्हें बुलाया है तानाजी...

[*गुरुदेव स्वामी समर्थ रामदास का प्रवेश—गेरुए वस्त्र और संन्यासी का वेश*]

गुरुदेव : किस चिंता में पड़े हो वीरो!

[*शिवाजी तथा अन्य सैनिक बढ़कर उनके चरणों का स्पर्श करते हैं।*]

शिवाजी : चिंता नहीं, गुरुदेव। हम सिंहगढ़ को मुक्त करने का विचार कर रहे हैं!

गुरुदेव : सिंहगढ़ को मुक्त होना ही चाहिए! तुम लोगों ने वहाँ के अत्याचार की कहानियाँ सुनी हैं? **(शिवाजी से)** तेरी माता जीजाबाई के पास रोज़ पचासों सताए हुए लोग आते हैं और प्रार्थना करते हैं।...जीजाबाई सुनती हैं और खून का घूँट पीकर चुप रह जाती हैं!

शिवाजी : पर माताजी ने मुझसे नहीं कहा!

गुरुदेव : वह क्या कहे तुमसे? उसे पता है तुम्हारे पास इस समय सैनिकों की कमी है! अभी एक युद्ध लड़ चुके हो...

तानाजी : परन्तु गुरुदेव! वीरों की कमी तो नहीं है!

गुरुदेव : ठीक है, तानाजी! इसीलिए मैंने शिवा से कहा कि सिंहगढ़ को मुक्त करना है। वहाँ का राजा उदयभानु पठानों से मिलकर प्रजा को सता रहा है। सिंहगढ़ की प्रजा दुःख से कराह रही है...

सदाशिव : परन्तु गुरुदेव! हमें अपनी शक्ति तौल कर कदम उठाना चाहिए ...समय आने पर उसे मुक्त किया जाए!

गुरुदेव : **(धीरे से मुस्करा कर)** समय और कब आएगा, सदाशिव? जब वहाँ लाशों के ढेर लग जाएँगे तब? पठान सेना रंगरेलियाँ मना रही है और जनता भूखी मर रही है!

सदाशिव : क्षमा करें, गुरुदेव। मेरा यह मतलब नहीं...

गुरुदेव : **(बात काटकर)** वह समय अभी है। प्रजा की सहायता और सत्कर्म के लिए प्रतीक्षा नहीं की जाती...

शिवाजी : सिंहगढ़ मुक्त होगा, गुरुदेव। आप आशीर्वाद दें...

गुरुदेव : हर अच्छे कार्य के लिए मेरा आशीर्वाद है शिवा।

शिवाजी : यह देखिए न गुरुदेव, तानाजी अपने पुत्र का विवाह छोड़कर इसीलिए आए हैं...**(बाँह पकड़कर तानाजी को सामने कर देते हैं)**

तानाजी : **(झुककर)** गुरुदेव और माता जीजाबाई का आशीष हमारे साथ हो। **(स्वगत)** मैं सिंहगढ़ की जनता की आँसुओं से भरी आँखें देख रहा हूँ...बिलखती औरतों और तड़पते शिशुओं को देख रहा हूँ...पठानों के अत्याचार देख रहा हूँ...सब देख रहा हूँ...सब देख रहा हूँ गुरुदेव। **(माथे से**

तलवार लगाते हुए) शपथ है मुझे अपनी तलवार की। सिंहगढ़ मुक्त होगा, अभी...अभी गुरुदेव।

शिवाजी : तानाजी, तुम जाओ, पुत्र का विवाह कर आओ...यह चढ़ाई मैं कर लूँगा।

तानाजी : लज्जित न कीजिए, छत्रपति। अभी आप एक युद्ध लड़ चुके हैं...आप विश्राम कीजिए...मैं जाऊँगा अब।

गुरुदेव : **(सबको आशीष देते हुए)** तुम्हें विजय मिले। अच्छा, अब मैं चलता हूँ...

[*गुरुदेव का प्रस्थान*]

तानाजी : हमें भी आज्ञा दीजिए, छत्रपति। अब देर क्यों की जाए?

शिवाजी : **(तानाजी को रोकते हुए)** सोच-समझ लो तानाजी...

तानाजी : सोचना क्या है महाराज?

शिवाजी : पठानों की बहुत बड़ी सेना क़िले के मुख्य द्वार पर तैनात है...

राजीवसिंह : और उदयभानु के बारह पुत्र बहुत ही वीर हैं, वे क़िले की रक्षा के लिए तत्पर हैं...

सदाशिव : पठानों की आठ छावनियाँ हैं, महाराज।

तानाजी : **(कुछ सोचकर)** इससे घबराना क्या? हम मुख्य द्वार से हमला नहीं करेंगे...हम पीछे से धावा करेंगे और पहले क़िले में उतर पड़ेंगे...

एक सैनिक : बिल्कुल ठीक...बस हम भीतर से फ़ाटक खोलकर पठानों पर टूट पड़ेंगे।

तानाजी : हाँ, अचानक आक्रमण से पठानों के पैर उखड़ जाएँगे...

शिवाजी : इतना सरल नहीं है, तानाजी...

तानाजी : आपके आशीर्वाद से सब सरल हो जाएगा, छत्रपति।

शिवाजी : तो तुम तैयार हो, तानाजी।

तानाजी : इससे बड़ा सौभाग्य और क्या होगा, महाराज।

शिवाजी : **(सैनिकों से)** तो अब सिंहगढ़ की मुक्ति का भार तुम लोगों पर है। तानाजी भालसुरे, तुम्हारे सेनापति हैं वीरो। इनकी आज्ञा मानना हमारा कर्तव्य है और मैं उस क्षण की प्रतीक्षा करूँगा जब तुम लोग विजय पताकाएँ फहराते हुए वापस आओगे। भवानी तुम्हें विजय दें। जाओ वीर...

[*सब सैनिक 'छत्रपति की जय'...का जयघोष करते हुए तानाजी के साथ प्रस्थान करते हैं। केवल दो सैनिक और शिवाजी मंच पर रह जाते हैं।*]

एक सैनिक : महाराज, अब आप विश्राम कर लें...

दूसरा सैनिक : आपके घाव अब कैसे हैं, छत्रपति?

शिवाजी : मेरे घाव! **(हँसकर)** मेरे शरीर के घावों की चिंता मत करो, सैनिक। मातृभूमि के घावों की ओर देखो...जब तक हम दासता में जकड़े हैं, देश का एक भी आदमी

गुलाम है, तब तक हमें चैन कहाँ? हमारा सबसे बड़ा घाव है, परतंत्रता।

सैनिक एक : आप आराम कर लीजिए...

शिवाजी : तानाजी को अकेले युद्ध के लिए जाना पड़ा है—मैं साथ होता तो...

सैनिक दो : पर आपका शरीर तो जगह-जगह से टूटा हुआ है, महाराज...अब चिंता न करें...

शिवाजी : हाँ, तानाजी वीर हैं...अच्छा मैं थोड़ा-सा विश्राम कर ही लूँ! **(वहीं चट्टान पर लेट-से जाते हैं, दोनों सैनिक उनकी रक्षा के लिए इधर-उधर टहलने लगते हैं)**

[*तभी तीन-चार लोग आते हैं—कपड़े बेहद फटे हुए और बाल उलझे हुए...जैसे सताए हुए हों—बड़े दुखी और परेशान हैं।*]

सैनिक एक : कौन हो तुम लोग? क्या चाहते हो?

शरणार्थी : हम सिंहगढ़ की प्रजा हैं...हमें सताया गया है।

सैनिक दो : अभी छत्रपति विश्राम कर रहे हैं, तुम लोग जाओ...

[*शिवाजी आवाज़ सुनकर एकदम उठते हैं।*]

शिवाजी : नहीं-नहीं, मुझे बताओ, कहाँ से आए हो तुम लोग।

शरणार्थी : छत्रपति की जय हो! हम सिंहगढ़ की प्रजा हैं, महाराज ...हमारे ऊपर बहुत अत्याचार हुए हैं। पठान सैनिकों ने हमें मारा है...

शिवाजी : (आश्चर्य से) और तुम्हारा राजा उदयभानु कुछ नहीं कहता?

शरणार्थी : वे पठानों के इशारे पर नाचते हैं, महाराज। हम प्रार्थना लेकर माता जीजाबाई के पास गए थे। हमारे साथ सैकड़ों औरतें और बच्चे हैं महाराज, हमें शरण दें!

शिवाजी : माताजी के पास गए थे?

शरणार्थी : **(अपने शेष साथियों को देखकर जो हाथ जोड़े खड़े हैं)** हम सब गए थे, शरण माँगने। माता ने कहा कि आप सिंहगढ़ की सीमा पर पड़ाव डाले हुए हैं, हम सब अपना कष्ट आपसे निवेदन करें।

शिवाजी : तुम्हारे साथ की स्त्रियाँ और बच्चे कहाँ हैं?

शरणार्थी : माता जीजाबाई ने उन्हें शरण दे दी है...हम अपने कष्टों की कहानी आपको सुनाने आए हैं।

शिवाजी : चिंता मत करो...सिंहगढ़ पर हमारी सेना धावा बोल चुकी है और अब सब जनता मुक्त होगी...

[*चारों शरणार्थी जयघोष करते हैं—छत्रपति की जय! माता जीजाबाई की जय!*]

शिवाजी : तुम लोग विश्राम करो...विजय की सूचना आती ही होगी। **(चिंतामग्न इधर-उधर टहलने लगते हैं)**

[*तभी एक दूत दौड़ता हुआ आता है, वह धूल से भरा हुआ है।*]

दूत : छत्रपति की जय हो! सिंहगढ़ पर पीछे से धावा हो गया है—पठान सैनिक सोए पड़े हैं अभी...

शिवाजी : **(सैनिक से)** मशालें जला लो सैनिक...कितना अँधेरा हो गया है।

[*सैनिक दो मशालें जला लेता है और उन्हें चट्टान के दोनों ओर लगा देता है।*]

शिवाजी : बहुत ठीक है—तुम हर क्षण की सूचना मुझे देते रहो.. .समझे, जाओ!

[*दूत भागता हुआ चला जाता है, शिवाजी चट्टान पर बैठ जाते हैं।*]

सैनिक एक : महाराज, सुना है सिंहगढ़ के क़िले में एक बड़ा खूँखार हाथी है।

सैनिक दो : उसका नाम सिद्दी हलाल है।

शरणार्थी : हाँ, हाँ, हमें मालूम है...वह हाथी बहुत भयानक है—शत्रु को पैरों तले रौंद डालता है।

सैनिक एक : **(आँखें फाड़कर)** सच?

शरणार्थी : हाँ, उसे शराब पिलाकर खुला छोड़ दिया जाता है, बस, वह पल-भर में शत्रु की सेना को तहस-नहस कर देता है।

शिवाजी : **(उपेक्षा भाव से यह बातें सुनकर)** लेकिन हाथी भी सिंह से डरता है...सिंह, हाथी को भी मार डालता है।

शरणार्थी : लेकिन महाराज, वहाँ सिंह कहाँ है!

शिवाजी : **(हँसकर)** तानाजी से बड़ा सिंह कौन है पृथ्वी पर? तानाजी सिंह हैं सिंह!

[*तभी एक दूत आता है।*]

दूत : जय हो छत्रपति की! **(साँस तेज़ चल रही है)** बड़ा भयंकर युद्ध हुआ है, महाराज! हमारे बहुत-से सैनिक मारे गए हैं!

शिवाजी : **(चिंता से)** और क्या हाल है? शीघ्र बताओ!

दूत : तानाजी ने क़िले की दीवार पर कमंद फेंकी थी, पर वह टूट गई। **(घबराहट में)** उनके साथ केवल चालीस सैनिक रह गए थे...पर वे केवल चालीस सैनिकों के साथ ही क़िले की दीवार फाँदकर भीतर कूद पड़े...

शिवाजी : तब क़िले के बाहर सेना का संचालन कौन कर रहा है?

दूत : **(वैसे ही हाँफता हुआ)** बाहर से सेना का संचालन नरपतिराव कर रहे हैं। उन्हें आदेश दिया गया है कि क़िले का फ़ाटक खुलते ही धावा करें।

सैनिक एक : **(चिंता से)** पर क़िले का फ़ाटक कौन खोलेगा?

दूत : तानाजी भीतर कूद गए हैं, इस समय भीतर क़िले में युद्ध हो रहा है।

शिवाजी : **(कुछ सोचकर)** बस इसी पर निर्भर है।

दूत : **(सिर झुकाकर)** हाँ महाराज। फ़ाटक खुलते ही पठान सेना बीच में घिर जाएगी।

शिवाजी : जाओ...तुम शीघ्रता से जाओ और आगे की सूचनाएँ दो।

दूत : जो आज्ञा महाराज। **(जाने को होता है पर जाता नहीं)**

[*तभी तेज़ी से भागता हुआ सदाशिव आता है।*]

सदाशिव : जय हो महाराज की। **(बहुत प्रसन्न मुद्रा में)**

शिवाजी : **(उत्सुकता से)** क्या सूचना लाए हो, सदाशिव?

सदाशिव : सिंहगढ़ जीत लिया गया!

शिवाजी : और।

सभी : **(बेहद प्रसन्नता से)** विजय मिल गई! जय भवानी!

सदाशिव : **(प्रसन्नता से)** उधर देखिए, महाराज। **(विंग की ओर अर्थात् सिंहगढ़ क़िले की ओर इशारा करता है)** वो हमारी विजय की मशालें सिंहगढ़ के क़िले पर जल रही हैं...वे विजय-पताकाएँ हैं।

[*शिवाजी सन्तोष की साँस लेते हैं।*]

सदाशिव : तानाजी ने भीतर क़िले में भगदड़ मचा दी और मुख्य द्वार खोल दिया। इधर नरपतिराव ने फ़ाटक खुलते ही हमला बोल दिया। पठान सेना मूलियों की तरह काट डाली गई। सिंहगढ़ का क़िला अब छत्रपति के स्वागत के लिए उत्सुक है।

शिवाजी : हम अभी चलेंगे।

सदाशिव : लेकिन महाराज, तानाजी...

शिवाजी : क्या कहा है तानाजी ने?

सदाशिव : **(अटक-अटक कर)** तानाजी...तानाजी ने कुछ नहीं कहा है...

शिवाजी : बताओ सदाशिव! तानाजी क्या चाहते हैं? मैं सब पूरा करूँगा। उस वीरसिंह के लिए मैं क्या नहीं कर सकता? बताओ!

सदाशिव : तानाजी अब...**(बहुत उदासी से)**

शिवाजी : **(चिंता में पड़कर)** तानाजी अब...क्या मतलब है तुम्हारा?

सदाशिव : वे वीरगति को प्राप्त हुए...

शिवाजी : **(एकाएक चौंककर पत्थर पर बैठ जाते हैं)** वीरगति को. ..कौन! तानाजी...क्या कह रहे हो, सदाशिव?

सदाशिव : **(सिर झुकाकर)** सच कह रहा हूँ, महाराज!

[*एकाएक गुरुदेव समर्थ स्वामी रामदास का प्रवेश।*]

गुरुदेव : **(बेहद प्रसन्नता से)** अरे, सिंहगढ़ के क़िले पर जलती हुई मशालें हमारी विजय-पताकाएँ हैं न शिवा!

शिवाजी : **(उनके पैरों की ओर बढ़कर)** हाँ गुरुदेव! सिंहगढ़ जीत लिया गया। **(स्वर बहुत उदास है)**

गुरुदेव : इस प्रसन्नता के अवसर पर यह उदासी कैसी! **(शिवाजी को बाँहों से पकड़कर सामने करते हुए हैरानी से)** यह उदासीं कैसी शिवा!

शिवाजी : **(सिर झुकाकर)** क़िला जीत लिया गुरुदेव...**(बहुत उदास स्वर में)** पर सिंह खो दिया हमने...हमारा सिंह तानाजी हमसे बिछुड़ गया गुरुदेव...

गुरुदेव : वीर इसीलिए होते हैं, शिवा!—यह दुःख की बात अवश्य है, पर प्रजा की भलाई के लिए वीर अपना बलिदान देता है।

शिवाजी : **(लगभग सिहरते हुए)** पर गुरुदेव...

गुरुदेव : **(बात काटकर)** तानाजी अमर हो गया, शिवा। उसने जनता को कष्टों से मुक्ति दिलाने के लिए जान दी है... और जो आदमी ऐसे भले कार्य के लिए जान देता है, वही महान होता है...हमें दुःख नहीं, तानाजी जैसे वीर पर गर्व करना चाहिए...आओ सिंहगढ़ की ओर चलें...

शिवाजी : आइए...चलिए। तानाजी के अन्तिम दर्शन करके उसे प्रणाम कर लूँ—यही थी भवानी की इच्छा!

[*सब चलने को होते हैं तभी पर्दा गिरता है।*]

एकलव्य

[जंगल का दृश्य। गुरु द्रोण अपने शिष्यों को निशाना सिखाने के लिए आए हुए हैं। पाँचों पाण्डव, दुर्योधन तथा कुछ कौरव उनके साथ हैं। सबके हाथों में धनुष-बाण हैं।]

द्रोणाचार्य : शिष्यो! आज तुम लोगों की परीक्षा का दिन है। आज मैं यह देखना चाहता हूँ कि तुमने कितना सीखा है!

अर्जुन : गुरुदेव! यह हमारा सौभाग्य है कि आज आपने हम लोगों को इस योग्य समझा! हम परीक्षा देने के लिए तैयार हैं!

द्रोणाचार्य : **(प्रसन्नता से)** तुम सब बहुत सीख चुके हो! इसीलिए तो मैं आज तुम लोगों की परीक्षा लेना चाहता हूँ! आज सब शिष्यों में से जो तेज़ है, उसे चुनना है!

युधिष्ठिर : अवश्य गुरुदेव!

द्रोणाचार्य : अच्छा देखो, उस पेड़ पर एक काठ का पक्षी बैठा दिया गया है...**(उधर इशारा करते हुए)** वह देखो...

कई लोग : हाँ, गुरुदेव दीखता है।

द्रोणाचार्य : बस, उसकी आँख में जो चमकीला पत्थर जड़ा हुआ है, उसी में बाण मारना है।

[*राजकुमार अपने-अपने धनुष कंधों से उतारकर उतावले हो जाते हैं।*]

द्रोणाचार्य : **(सब राजकुमारों को देखकर)** अच्छा दुर्योधन!

दुर्योधन : **(झुककर)** हाँ, गुरुदेव! आज्ञा दें!

द्रोणाचार्य : तुम वीर हो! मुझे तुम्हारी वीरता पर बहुत भरोसा है। अच्छा, अपना धनुष सँभालो...

[*दुर्योधन धनुष सँभालकर उस पर बाण रखता है।*]

द्रोणाचार्य : उधर देखो **(पक्षी की ओर इशारा करके)** बताओ, तुम्हें क्या दिखाई पड़ रहा है!

दुर्योधन : गुरुदेव! मैं पेड़-पत्ते और चिड़िया को देख रहा हूँ!

द्रोणाचार्य : **(हताश होते हुए)** अच्छा, बस करो। तुम आराम करो, दुर्योधन।

[*दुर्योधन लज्जित-सा वहाँ से हट जाता है।*]

द्रोणाचार्य : युधिष्ठिर!

युधिष्ठिर : हाँ गुरुदेव! **(धनुष सँभालता है)**

द्रोणाचार्य : तुम अच्छी तरह देखकर और निशाना साधकर बताओ कि तुम्हें क्या दीखता है?

युधिष्ठिर : **(निशाना साधकर देखते हुए)** गुरुदेव, सभी कुछ देख रहा हूँ ...आपको, पेड़ को और पत्तों तथा चिड़िया को भी।

द्रोणाचार्य : **(दुःख भरे स्वर में)** युधिष्ठिर, तुम भी बैठ जाओ।

युधिष्ठिर : क्या हुआ गुरुदेव?

[*सब राजकुमार चिंतित होकर देखने लगते हैं।*]

द्रोणाचार्य : **(चिंतापूर्ण स्वर में)** मुझे लगता है, मेरी मेहनत बेकार गई...

[*सब राजकुमार अपने को लज्जित अनुभव करते हैं और गर्दनें झुका लेते हैं।*]

अर्जुन : आप निराश न हों, गुरुदेव!

द्रोणाचार्य : **(प्रसन्नता से अर्जुन को देखते हुए)** तुम्हारे ऊपर बहुत विश्वास है मुझे, अर्जुन। देखो! चिड़िया को सँभालकर देखना...उठाओ धनुष।

[*अर्जुन धनुष सँभालता है, उस पर बाण रखता है और एक घुटना टेक कर निशाना साधता है।*]

द्रोणाचार्य : चिड़िया देखी, अर्जुन!

अर्जुन : अभी नहीं गुरुदेव!

द्रोणाचार्य : अभी तुम क्या-क्या देख रहे हो!

अर्जुन : **(चारों ओर देखकर)** आपको, अपने भाइयों और वन को देखता हूँ, गुरुदेव!

द्रोणाचार्य : धनुष सँभालकर देखो!

[*अर्जुन निशाने की ओर देखता है।*]

द्रोणाचार्य : अब क्या देखते हो?

अर्जुन : चिड़िया, गुरुदेव!

द्रोणाचार्य : (मुख पर प्रसन्नता आ जाती है) हाँ...अब क्या देखते हो!

अर्जुन : चिड़िया की आँख! (एक क्षण रुककर) और गुरुदेव अब उसकी आँख में जड़ा पत्थर...

द्रोणाचार्य : (बेहद प्रसन्नता से) उस चमकीले पत्थर को भेद दो, अर्जुन!

[*अर्जुन बाण छोड़ता है और क्षण-भर में वह चिड़िया पेड़ के नीचे गिर*

पड़ती है। सब राजकुमार दौड़कर उसे उठाते हैं। युधिष्ठिर उसे हाथ में लेकर–]

युधिष्ठिर : गुरुदेव! **(द्रोणाचार्य के पास आते हुए)** बाण बिल्कुल आँख के चमकीले पत्थर में ही लगा है!

द्रोणाचार्य : **(बाण घुसी हुई चिड़िया को लेकर)** शाबाश अर्जुन! तुम्हारी इस सफलता के लिए मैं वचन देता हूँ कि तुम्हें मैं सब विद्याएँ सिखाऊँगा। तुम मेरे सबसे तेज़ शिष्य हो। मैं तुम्हें सब सिखाऊँगा...जो कुछ मैं जानता हूँ!

अर्जुन : आपकी कृपा है, गुरुदेव! **(झुककर उनके चरण छू लेता है)**

[*इतने में ही एक भील बालक एकलव्य–जो देखने में वीर, पर रंग में काला है और परों के मुकुट आदि लगाए है, धनुष और बाण लिए हुए प्रवेश करता है। द्रोणाचार्य को देखकर एकदम उनकी ओर बढ़कर प्रणाम करता है। सब राजकुमार आश्चर्य से देखते रह जाते हैं।*]

एकलव्य : गुरुदेव मैं एकलव्य हूँ! प्रणाम करता हूँ!

द्रोणाचार्य : तुमने मुझे गुरुदेव पुकारा! कौन हो तुम!

एकलव्य : मैं एक भील राजकुमार हूँ...

[*यह सुनकर सब राजकुमार नाक-भौं सिकोड़ते हैं।*]

द्रोणाचार्य : क्या काम है तुम्हें?

एकलव्य : मैं आपसे विद्या सीखना चाहता हूँ। आपका शिष्य बनना चाहता हूँ।

द्रोणाचार्य : **(आश्चर्य से)** मेरा शिष्य! कैसी बातें करता है लड़के...

एकलव्य : **(परेशान होकर)** मेरे लिए मना न करें...मैं केवल इसीलिए आया हूँ। आपसे धनुष-बाण की विद्या सीखना चाहता हूँ...

द्रोणाचार्य : **(राजकुमारों की ओर देखकर)** लेकिन मेरे पहले ही इतने शिष्य हैं, अब और किसे-किसे सिखाऊँगा।

एकलव्य : गुरुवर! मैं बहुत दूर से चलकर केवल इसीलिए आया हूँ...मैं वर्षों से आपके पास आने के लिए व्याकुल था। आज आ सका हूँ! अब मुझे निराश न करें...आपके चरणों में बैठकर कुछ सीख लूँगा!

दुर्योधन : **(राजकुमारों के बीच से निकलकर बहुत क्रोधपूर्ण स्वर में)** यह भील हमारे साथ शिक्षा पाएगा।

एकलव्य : **(गिड़गिड़ाकर)** इसमें क्या हुआ राजकुमार! विद्या सब सीख सकते हैं। मैं इसीलिए तो आया हूँ।

दुर्योधन : **(और अधिक क्रोध से)** यह नहीं हो सकता! मैं यह नहीं मान सकता!

द्रोणाचार्य : **(शांत करते हुए)** शांत हो दुर्योधन! अभी मैंने उसे सिखाना स्वीकार कहाँ किया!

एकलव्य : **(प्रार्थना करते हुए)** ऐसा न कहें, गुरुदेव!

दुर्योधन : हमारे गुरुजी को तुम गुरुदेव क्यों पुकारते हो!

एकलव्य : गुरुओं को बाँटा नहीं जा सकता, राजकुमार! जो महान है वह सबके लिए एक-सा है!

दुर्योधन : नहीं, वे राजकुमारों के गुरु हैं...और किसी के नहीं... समझे!

[*द्रोणाचार्य चिंतापूर्ण मुद्रा में एक ओर देख रहे हैं, जैसे उन पर कोई बड़ा संकट आ पड़ा हो।*]

एकलव्य : यह ठीक है, राजकुमार! पर वे मेरे गुरु भी हो सकते हैं!

दुर्योधन : वे एक भील और शूद्र के गुरु कभी नहीं हो सकते।

कई राजकुमार : हाँ, वे हमारे गुरु हैं!

एकलव्य : जो आदमी बड़ा होता है राजकुमारो, वह सबका होता है...वह दुनिया-भर के लिए होता है!

दुर्योधन : तू हमें शिक्षा देने चला है! **(एकलव्य की ओर गुस्से से बढ़ता है)**

[*युधिष्ठिर उसे बाँह से पकड़ लेते हैं।*]

युधिष्ठिर : यह क्या करते हो दुर्योधन...

द्रोणाचार्य : यह ठीक नहीं है, दुर्योधन! इधर आओ।

दुर्योधन : आप जो आज्ञा दें गुरुवर, पर इस भील से कहिए कि यहाँ से जाए...जंगली जानवरों का शिकार करे...

एकलव्य : **(दुर्योधन से)** आप इतना गुस्सा क्यों करते हैं...मुझे गुरुदेव के मन की बात जान लेने दीजिए–**(द्रोणाचार्य से)** बताइए गुरुवर!

द्रोणाचार्य : तुमने मुझे संकट में डाल दिया है, वीर बालक!

दुर्योधन : आप कैसी बातें कर रहे हैं, आचार्य! यह शूद्र हमारे साथ बाण-विद्या सीखे, यह कैसे हो सकता है?

एकलव्य : मैं भीलों के कुल में पैदा हुआ हूँ तो क्या विद्या नहीं पा सकता! मैं भी आदमी हूँ...और आदमी-आदमी सब बराबर हैं!

द्रोणाचार्य : **(समझाते हुए)** तुम ठीक कहते हो भील बालक... पर...

एकलव्य : पर क्या आचार्य!

[*द्रोणाचार्य राजकुमारों की ओर देखकर चुप रह जाते हैं।*]

दुर्योधन : **(एकदम आगे बढ़कर)** पर यही कि हमारे गुरु तुम्हें विद्या नहीं सिखा सकते!

एकलव्य : यह अन्याय है! आदमी-आदमी में भेद करना बुरा है! मैं जो सीखना चाहता हूँ वह मुझे सिखाया जाना चाहिए।

द्रोणाचार्य : ज़रूर सिखाया जाना चाहिए। लेकिन यह विद्या तुम किसी और गुरु से भी सीख सकते हो!

एकलव्य : ऐसा न कहें आचार्य! **(अपना धनुष उनके चरणों पर रख देता है)** आपके पास आने के लिए मैं बहुत भटका हूँ! मुझे सिखाएँ...

दुर्योधन : गुरुवर, अब देर हो रही है। चलिए...

द्रोणाचार्य : हाँ, चलते हैं...

एकलव्य : मुझे कुछ बताकर जाइए...

द्रोणाचार्य : **(कठोरता से)** मैं तुम्हें नहीं सिखा सकता!

एकलव्य : **(जैसे खुद सोच रहा हो)** नहीं सिखा सकते! **(द्रोणाचार्य से)** क्योंकि मैं भील हूँ! शूद्र हूँ...

द्रोणाचार्य : हाँ वीर! मैं एक राजा का नौकर भी हूँ! और राजकुमारों के मन की बात मुझे रखनी पड़ेगी!

एकलव्य : पर मेरे गुरु आप ही रहेंगे...आप मेरे मन में बसे हैं...मैं और किसी से नहीं सीख सकता!

[*सब राजकुमार हँस पड़ते हैं।*]

एक राजकुमार : बहुत अच्छे! गुरुजी सिखाएंगे नहीं फिर भी इसके गुरु यही रहेंगे...वाह...वाह...पागल हो गया है!

एकलव्य : ईश्वर मुझे बल दे! मैं सीखूँगा—आप ही मेरे गुरु थे, हैं और रहेंगे।

द्रोणाचार्य : **(एकलव्य से)** नादानी की बातें नहीं करते। **(राजकुमारों से)** आओ चलें...

[*सब राजकुमार गुरु द्रोण के पीछे-पीछे चल पड़ते हैं। एकलव्य गर्व से अपना धनुष उठाता है और उस पर बाण रखकर चलाता है। कुछ छणों बाद एकलव्य अपना धनुष और बाण लेकर बाहर चला जाता है। तभी दुर्योधन और एक राजकुमार का प्रवेश।*]

दुर्योधन : चला गया शायद!

राजकुमार : कौन?

दुर्योधन : अरे वही भील, जो हमारे गुरु जी का शिष्य बनना चाहता था!

राजकुमार : अरे वह! हाँ, चला गया। यहीं पर था!

दुर्योधन : बड़ा आया था विद्या सीखने!

[*एक जंगली आदमी का प्रवेश*]

जंगली पुरुष : कौन हैं, आप लोग!

दुर्योधन : हम कौरव पुत्र हैं। क्यों, क्या काम है तुम्हें?

जंगली पुरुष : आपको पता है...यह हमारे राजकुमार की जगह है!

दुर्योधन : कौन तुम्हारा राजकुमार?

जंगली पुरुष : राजकुमार एकलव्य! वे हमारे राजकुमार हैं और यहाँ धनुर्विद्या सीख रहे हैं!

राजकुमार : किस गुरु से?

जंगली पुरुष : उनके गुरु तो द्रोणाचार्य जी हैं!

दुर्योधन : **(आश्चर्य से)** द्रोणाचार्य! यह नहीं हो सकता!

जंगली पुरुष : यही हुआ है!

दुर्योधन : **(राजकुमार से)** इसका मतलब है कि गुरु जी ने उसे छुप कर सिखाना शुरू किया है! मैं अभी चलकर पूछता हूँ, गुरुजी...**(क्रोध से)** यह क्या बात है? आओ चलें। **(राजकुमारों से)**

[*दोनों का प्रस्थान और एकलव्य का दूसरी ओर से प्रवेश। एकलव्य के*

हाथों में गुरु द्रोणाचार्य की मिट्टी की एक प्रतिमा है। उसे एक पत्थर पर रखकर प्रणाम करता है। इतने में एक कुत्ते के भौंकने की आवाज़ आती है, उसका ध्यान उचटता है और विंग की ओर कुत्ते पर धनुष से दस-बारह बाण छोड़ता है। कुत्ता खामोश हो जाता है और एकलव्य पूजा में लग जाता है। तभी कुछ क्षणों बाद पाँचों पाण्डव प्रवेश करते हैं।]

अर्जुन : ऐ...ऐ

एकलव्य : **(झुँझलाकर)** क्या है? मुझे पूजा क्यों नहीं करने देते?

अर्जुन : तुमने हमारे कुत्ते का मुँह बाणों से सिल दिया है?

एकलव्य : हाँ!

अर्जुन : क्यों?

एकलव्य : वह हमें पूजा नहीं करने दे रहा था और क्यों?

अर्जुन : लेकिन तुम धनुष चलाने में बहुत कुशल हो! कौन सिखाता है तुम्हें?

एकलव्य : **(गर्व से)** गुरु द्रोणाचार्य!

पाँचों पाण्डव : **(आश्चर्य से)** गुरु द्रोणाचार्य!

अर्जुन : **(अपने भाइयों से)** गुरुजी ने इसे इतना सिखा दिया और मुझे कुछ भी नहीं! यह इतना तेज़ हो गया। अचूक निशाना है इसका।

युधिष्ठिर : यह बात हमें गुरुजी से कहनी चाहिए!

अर्जुन : मैं ज़रूर कहूँगा! ज़रूर कहूँगा!

[द्रोणाचार्य, दुर्योधन और कुछ राजकुमार प्रवेश करते हैं।]

दुर्योधन : यह है वह आदमी! यह कहता है कि आप इसके गुरु हैं...

[*एकलव्य द्रोणचार्य को देखकर चरण छूने के लिए लपकता है, पर द्रोणचार्य अपने पैर पीछे कर लेते हैं।*]

एकलव्य : आशीर्वाद दें गुरुदेव!

अर्जुन : गुरुदेव! आप तो कहते थे कि मैं सबसे कुशल विद्यार्थी हूँ, पर आपका यह शिष्य एकलव्य मुझसे भी आगे बढ़ गया...आपने इसे मुझसे अधिक सिखा दिया!

द्रोणाचार्य : **(एकलव्य से)** तुम्हारा गुरु कौन है?

एकलव्य : आप ही हैं गुरुदेव!

अर्जुन : इसने मेरे कुत्ते का मुँह बाणों से सिल दिया!

द्रोणाचार्य : क्यों एकलव्य, यह ठीक है?

एकलव्य : यह ठीक है आचार्य। मैं आपकी प्रतिमा की पूजा कर रहा था, एक कुत्ता बार-बार भौंककर मुझे पूजा नहीं करने दे रहा था...इसीलिए मैंने उसका मुँह सिल दिया।

द्रोणाचार्य : **(आश्चर्य से)** तीरों से मुँह सिल दिया?

एकलव्य : और क्या करता गुरुवर!

द्रोणाचार्य : तो तुम तीर-कमान चलाने में बहुत तेज़ हो गए हो?

एकलव्य : सब आपकी कृपा है!

अर्जुन : **(उदास होकर)** गुरुदेव! यह मुझसे अधिक तेज़ हो गया है...आप तो कहते थे...

द्रोणाचार्य : **(कुछ सोचते हुए)** अभी सब ठीक हो जाएगा अर्जुन! घबराते क्यों हो?...**(कुछ सोचते हैं फिर एकलव्य से)** तुम मुझे अपना गुरु मानते हो!

एकलव्य : जी!

द्रोणाचार्य : सच कह रहे हो!

एकलव्य : एकदम सच गुरुदेव! वह देखिए आपकी मूर्ति...इसी से सीखा है!

द्रोणाचार्य : ठीक है! अब तो काफ़ी सीख लिया है तुमने, बहुत तेज़ हो गए हो तीर चलाने में!

एकलव्य : आपकी कृपा है!

द्रोणाचार्य : तो दक्षिणा दोगे!

एकलव्य : गुरुदक्षिणा! जो भी कहिए...मैं सब कुछ दे सकता हूँ! जो भी मेरे पास है, गुरुदेव!

द्रोणाचार्य : जो कुछ माँग लूँ...सब दोगे। **(एकलव्य को ताकते हैं)**

एकलव्य : जो भी मेरे पास है, आचार्य!

द्रोणाचार्य : **(पाण्डवों की ओर एक नज़र डालकर बहुत दुःख से)** एकलव्य गुरुदक्षिणा इतनी सरल नहीं होती!

एकलव्य : आप कहिए तो!

दुर्योधन : माँग लीजिए आचार्य। आपका शिष्य बना फिरता है।

द्रोणाचार्य : तुम चुप रहो दुर्योधन। **(एकलव्य से)** एकलव्य! तो तुम गुरु दक्षिणा में अपने दाहिने हाथ का अँगूठा मुझे दे दो!

[*एकलव्य धीरे से मुस्कराकर पत्थर पर रखी छुरी उठाकर अँगूठा काटने का संकेत देता है और एक पत्ते के दोने में उसे रखकर गुरुदेव के सामने कर देता है।* ***(यह इस प्रकार होगा कि एकलव्य मंच पर बाईं ओर खड़ा है, जिसके कारण उसका दाहिना हाथ दर्शकों के सामने नहीं है और जहां से वह छुरी उठाता है वहीं पर लाल रंग में भीगा हुआ कपड़ा भी रख है जिसे वह दर्शकों की नज़र से बचाकर अपनी दाहिनी हथेली में दबा लेता है और अँगूठा काटने का अभिनय करते हुए उसी कपड़े को दबाकर खून गिरने का संकेत देता है और कहता है...)*** *जब वह अँगूठा काटकर दे देता है, तो सारे राजकुमार चीख पड़ते हैं और द्रोणाचार्य की आँखों में आँसू आ जाते हैं।*]

द्रोणाचार्य : **(आश्चर्य और दुःख से)** तुमने अँगूठा काट दिया **(जैसे बहुत दुखी हों)** तुमने सचमुच अँगूठा काटकर गुरु दक्षिणा में दे दिया!

एकलव्य : **(मुस्कराकर)** हाँ गुरुदेव! इसमें हिचकने की क्या बात थी! लीजिए... **(दोना उनके चरणों में रख देता है) (सब राजकुमारों के सिर झुक जाते हैं।)**

द्रोणाचार्य : एकलव्य! तुम वीर हो! **(फिर दुःख से)** लाओ तुम्हारे अँगूठे पर पट्टी बाँध दूँ **(एक पट्टी उसके अँगूठे पर बाँध देते हैं, ताकि अँगूठा कटा हुआ लगे)** लेकिन अब तुम धनुष कैसे चलाओगे!

एकलव्य : मैं बाएं हाथ से चलाना सीख लूँगा। आप आशीर्वाद दें गुरुदेव!

द्रोणाचार्य : मैं आशीष देता हूँ एकलव्य! तुम वीर बनो! (**राजकुमारों से**) देखा तुम लोगों ने! जाति और वंश के कारण हम किसी आदमी का अधिकार नहीं छीन सकते। संसार में सब बराबर हैं, राजकुमारो! आदमी-आदमी बराबर हैं। आज एकलव्य ने अपनी वीरता से यह सत्य कर दिखाया है। हमें जाति और वंश का यह भेदभाव भूल जाना पड़ेगा...

(धीरे-धीरे पर्दा गिरता है)

जैसे को तैसा

[एक मछुआ गुस्से से अपनी बंशी और चारा फेंक देता है और हाथ-पैर पसार कर मंच के बीचोंबीच आकर बैठ जाता है। एक मेंढक उसी समय फुदकता हुआ आता है।]

मेढक : अरे मछुआ भाई! तुम उदास क्यों बैठे हो?

मछुआ : क्या बताएँ मेढक! मछली मारने आया था, एक भी नहीं फँसी।

मेढक : तो इसमें उदास होने की क्या बात है? कल मार लेना।

मछुआ : मेरे घर मेहमान आए हुए हैं, उन्हें क्या खिलाऊँगा? बड़ी बदनामी होगी।

मेढक : ये मछलियाँ बहुत चालाक हो गई हैं। मेरे खाने के लिए भी कीड़े-मकोड़े नहीं छोड़तीं।

मछुआ : बहुत चालाक हो गई हैं! जब-जब काँटा डाला, तब-तब चारा खा गईं। एक भी नहीं फँसी। समझ में नहीं आता क्या करूँ।

मेढक : मछुआ भाई! मैं तो बूढ़ा हो गया हूँ। अब खाने-पाने के

लिए भी मुसीबत से मिलता है और ये मछलियाँ मुझे जीने नहीं देना चाहतीं।

मछुआ : तुम्हारे खाने के लिए मेरे पास कीड़े-मकोड़े हैं। कहो तो दूँ?

मेढक : **(बहुत चतुराई से)** एक दिन खाना मिल भी गया तो क्या? रोज़-रोज़ यही परेशानी है। अब पेट के लिए भी कूदा-फाँदा नहीं जाता। हड्डियाँ टूटने लगती हैं।

मछुआ : बग़ैर मेहनत के खाना नहीं मिलता।

मेढक : यह तो ठीक कह रहे हो तुम। तुम्हें भी बग़ैर मेहनत के मछली कैसे मिल सकती है? मेरे लिए तुम खाना लाया करो, तो मछली पकड़ना मेरा काम है!

मछुआ : **(प्रसन्न होकर)** ऐसी बात है! तुम मछली पकड़वा सकते हो?

मेढक : **(अभिमान से)** क्यों नहीं पकड़वा सकता? मैं भी उसी तालाब में रहता हूँ।

मछुआ : पर कैसे पकड़वाओगे?

मेढक : अकल से मछुआ भाई! लेकिन तुम वादा करो कि रोज़ खाना खिलाया करोगे!

मछुआ : **(ख़ुशी से)** यह कौन-सी कठिन बात है! मैं रोज़ तुम्हारे लिए चारा ले आया करूँगा। मज़े से बैठकर खाया करना!

मेढक : तो बात पक्की रही!

मछुआ : बिल्कुल पक्की!

मेढक : तो तुम उधर छिप जाओ। मैं अभी करामात दिखाता हूँ। लेकिन देखो यह बात किसी और से मत कहना, नहीं तो जान मुश्किल में पड़ जाएगी!

मछुआ : कैसी बात करते हो, मेढक भाई! भला मैं क्यों कहने लगा?

मेढक : तो जाओ उधर छिप जाओ...

[*मछुआ दाहिने विंग की ओर छिप जाता है। बाएं विंग की ओर तालाब होने का आभारा है। वहाँ बाँस उगी हुई है। उसी ओर मुँह करके बैठ जाता है और रोने लगता है।*]

मेढक : हाय, मैं मर गया...हे परमात्मा अब कैसे बचूँगा! यह कैसी बीमारी लगाई ईश्वर! **(रोता है...रोता रहता है)** अरे मछलियो! अब हम पर मुसीबत टूट पड़ी है। हम सब मर जाएँगे...

[*एक मछली बाएँ से विंग से निकलकर मंच पर आती है।*]

मछली : क्या हुआ मेढक दादा? क्यों रो रहे हो!

मेढक : **(नाक सुकड़ते हुए)** अरे, क्या बताऊँ मछली रानी? बहुत बड़ी मुसीबत हम लोगों के सिर पर आ गई। हम सब मर जाएँगे...

मछली : **(चिन्ता से)** ऐसी क्या बात हुई दादा?

मेढक : **(नाक सुड़ककर फिर रोने लगता है)** तालाब में एक भयंकर बीमारी फैल गई है! एक मछुआ अभी आया था...

मछली : मछुआ! **(चौंकती है)** मैं जाती हूँ दादा। कहीं मछुए ने पकड़ लिया तो! अच्छा मैं चली...

मेढक : **(बात बिगड़ती देखकर)** अरे। डरने की कोई बात नहीं। वह चला गया है। वही बता रहा था कि इस तालब में ज़ुकाम की बीमारी फैल गई है...अब वह इस तालाब से मछलियाँ नहीं मारेगा। वह अपनी बंसी फेंक गया है।

मछली : **(भोलेपन से)** ज़ुकाम की बीमारी? यह क्या होती है, दादा?

मेढक : **(नाक सुड़ककर)** इससे साँस रुकने लगती है। छटपटा-छटपटा कर प्राण निकलते हैं! तुम सब भी छटपटा कर मर जाओगी!

मछली : मर जाएँगी? पर यह बीमारी होती कैसे है?

मेढक : सर्दी लगने से होती है। हम लोग चौबीस घण्टे पानी में रहते हैं, इसी से सर्दी लग जाती है। देखो न मुझे! **(मछली का हाथ पकड़कर देखता है)** अरे तुम्हें भी हो रही है...

मछली : **(रोने लगती है)** हाय मैं मर जाऊँगी! हाय मैं मर जाऊँगी...

[*एक और मछली निकल कर आती है*]

दूसरी मछली: क्या हुआ बहिन?

मछली : **(उसका हाथ पकड़कर देखते हुए)** हाय, तुम्हें भी बीमारी हो गई... तुम भी छटपटा कर मर जाओगी!

दूसरी मछली: **(रोने लगती है)** मैं मर जाऊँगी!

मेढक : **(रोकर)** हाँ, तुम मर जाओगी। यह बीमारी ही ऐसी है।

[*तीनों रोने लगते हैं।*]

मेढक : **(चतुराई से)** तुम लोग अपनी जान बचाना चाहो तो उधर दूसरे तालाब में चली जाओ। वहाँ के पानी में बीमारी का डर नहीं है...

[*उधर इशारा करता है, जिधर मछुआ छिपा बैठा है।*]

मछली : पर दादा और सब मछलियों का क्या होगा! **(रोकर)** हाय, हमारी बहनें मर जाएँगी!

मेढक : **(बड़प्पन से)** मैं उन्हें सब समझा दूँगा। दो-दो चार-चार करके रोज़ उस तालाब में पहुँचाता रहूँगा। समझी!

दूसरी मछली: समझ गई दादा! पर हम लोग ज़रा मिल तो लें!

मेढक : **(रोकते हुए)** नहीं...नहीं...तुम लोग सीधी उधर जाओ.. .जाओ...

[*दोनों मछलियाँ उधर चली जाती हैं। कुछ दूर बढ़ने पर मछुआ झपटकर दोनों को पकड़ लेता है और वहीं विंग के पास से बोलता है।*]

मछुआ : अच्छा, मेढक भाई सलाम! तुम्हारे लिए चारा वहीं रखा

हुआ है। मैं कल फिर इसी वक़्त आऊँगा! तुम्हारे लिए बहुत बढ़िया खाना लाऊँगा।

मेढक : **(ज़बान चटका कर)** बहुत अच्छा मछुआ भाई! मैं इंतज़ार करूँगा!

[*पास रखे सकोरे में से निकाल-निकाल कर चीज़ें खाता है, तभी एक कछुआ आता है।*]

कछुआ : अरे मेढक भइया! बड़े मालपुए उड़ा रहे हो! कहाँ से मिल गए?

मेढक : बड़ी मुश्किल से मिले हैं, भइया! मछलियों ने दिए हैं!

कछुआ : मछलियों ने दिए हैं? सो कैसे!

मेढक : मैंने उनकी जान बचाई थी...पानी में ज़ुकाम की बीमारी फैल गई थी। मैंने मछलियों को बचा लिया! उन्हें दूसरे तालाब में भेज दिया!

कछुआ : हाँ मेढक भइया, अब परोपकार के दिन हैं, तुम बूढ़े हुए...

मेढक : और क्या कछुआ भाई! अब पता नहीं कितने दिन जीना हो...सोचा कुछ भलाई का काम कर लूँ।

कछुआ : क्यों नहीं भैया! बहुत अच्छा किया, लेकिन तुम्हारे भाग्य में तो कुछ और ही लिखा है **(ग़ौर से उसका माथा देखने लगता है)**

मेढक : क्या लिखा है ?

कछुआ : तुम्हारी मौत बहुत बुरी तरह से होगी। और तुम नर्क में जाओगे!

मेढक : कैसी बात करते हो कछुआ भाई? मैंने सब के साथ भलाई ही की है!

कछुआ : **(जैसे सब समझ रहा हो)** वह तो मैं जानता हूँ, पर मेढक भइया झूठ नहीं बोलता, तुम्हारे भाग्य में बहुत बुरी-बुरी बातें लिखी हैं!

मेढक : **(चिंता से)** लेकिन तुमने ज्योतिष कब से सीख ली!

कछुआ : ज्योतिष मैं अभी सीख रहा हूँ! थोड़ी-बहुत जानता हूँ।

मेढक : कौन सिखाता है तुम्हें यह विद्या?

कछुआ : कौवा काका!

मेढक : **(एकदम चौंककर)** कौवा! बाप रे बाप!

कछुआ : कौवा काका देश-विदेश घूम कर ज्योतिष सीख कर आए हैं। बड़े पंडित हो गए हैं। सिर्फ़ अन्न खाते हैं और कुछ भी नहीं खाते। पूरे पंडित हो गए हैं!

मेढक : मांस खाना उन्होंने छोड़ दिया?

कछुआ : बिल्कुल! तुम अपना भाग्य उन्हें दिखा लो। सब पता चल जाएगा!

मेढक : और मान लो वो मुझे खाने के लिए झपट पड़े तो!

कछुआ : कैसी बातें करते हो मेढक भइया! यह भला कैसे हो सकता है?

मेढक : तो बुला लो, पर देखो धोखा न हो!

कछुआ : धोखे का सवाल ही नहीं...**(विंग की ओर मुँह करके पुकारता है)** कौवा काका! कौवा काका!

कौवा : हरे राम...हरे राम...क्यों याद किया है मुझे!

कछुआ : काका, इन मेढक भैया का भाग्य देख दो!

[*कौवा मेढक को देखता है, तो मेढक डर के मारे पीछे खिसकता है कि कहीं मार न डाले!*]

कौवा : अरे डरते क्यों हो मेढक! मैं तो पण्डित हो गया हूँ... अब मांस वग़ैरह नहीं खाता। चना-चबेना खाकर जी रहा हूँ। यह देखो गले में कंठी डाल रखी है। **(गले की कंठी दिखाता है)**

कछुआ : **(मेढक को पकड़कर आगे करते हुए)** इधर आओ मेढक भइया। बेकार डर रहे हो। अभी तुम्हें अपने भाग्य का सब हाल मालूम हो जाएगा!

मेढक : नहीं...नहीं...रहने दो!

कछुआ : **(पकड़ लेता है)** कौवा काका तुम इनका हाथ देखो! **(मेढक से)** सीधे बैठ जाओ...

मेढक : बैठ जाता हूँ...बैठ जाता हूँ!

कौवा : लाओ हाथ दो। डरो मत।

[*मेढक हाथ दे देता है, कछुआ उसे पकड़े बैठा रहता है। कौवा हाथ देखता है।*]

कौवा : तुम्हें ज़ुकाम की बीमारी हुई है?

मेढक : (डरकर) नहीं...नहीं...मुझे कोई बीमारी नहीं हुई है!

कौवा : डरो मत। एक-एक बात पूछता जाता हूँ, जवाब देते जाओ। तुमने मछलियों की जान बचाई है ?

मेढक : **(डरकर बात सँभालने के अंदाज़ में)** हाँ, बचाई है!

कौवा : तुम हज़ारों मछलियों के साथ भलाई करना चाहते हो!

मेढक : **(प्रसन्न होकर)** हाँ, हाँ! मैं उन सब मछलियों की जान बचाना चाहता हूँ!

कौवा : ठीक है! यह बहुत बड़ा उपकार तुम मछलियों पर कर रहे हो!

मेढक : हाँ, उनकी भलाई के लिए!

कौवा : **(कछुए से)** ज़रा इन्हें कस कर पकड़ लो! **(मेढक से)** तुम्हारी कुछ बात आज मछुए से हुई है!

मेढक : **(घबराकर)** हाँ, मैंने उससे कहा है कि यहाँ मत आया करो।

कौवा : **(डाँटकर)** तुमने अपने पड़ोसी मछलियों को धोखा नहीं दिया ?

मेढक : दिया था...हमें माफ़ कर दो! हमें माफ़ कर दो...

कौवा : **(कछुए से)** कछुआ भाई, इस बदमाश को पकड़कर ले चलो! मैं इसे खाऊँगा! जो अपने साथियों के साथ धोखा करे उसे पूरा-पूरा सबक मिलना चाहिए...इसने

विश्वासघात किया है! इसकी सज़ा इसे मिलेगी। ले चलो...ले चलो...मैं इसे खाऊँगा!

[*मेढक तड़पता रहता है, कछुआ और कौवा उसे पकड़कर ले जाते हैं। पर्दा गिरता है।*]

कमरा नम्बर दस

[*मंच पर पिछली दीवार में एक दरवाज़ा है, जो सामने खुलता है। उसी के ऊपर दीवार पर लिखा है, कमरा नम्बर – 10, एक तख्ती होटल के नाम की लगी हुई है—अशोक होटल। दो बच्चे साहबों की पोशाक में मंच पर आते हैं–*]

विजय : **(याद करते हुए)** कमरा नम्बर दस...कमरा नम्बर दस!

शंकर : यह क्या रट लगा रखा है तुमने विजय...**(मुँह फुलाकर)** कमरा नम्बर दस! दस...!

विजय : कहीं कमरे का नम्बर भूल गया तो सब चौपट हो जाएगा! परदेस की बात है, शंकर!...**(फिर याद करता है)** कमरा नम्बर दस!

शंकर : **(सामने दीवार पर देखकर)** यह रहा अपना कमरा!

विजय : **(दीवार पर लिखा दस नम्बर देखकर)** हाँ, यही है! (दरवाज़े पर ताला नहीं है) लेकिन इसका ताला कहाँ गया? हम तो बन्द करके गए थे?

शंकर : ताला तुमने बन्द किया था! यह माजरा क्या है?

विजय : ज़रूर कोई चोर घुसा हुआ है...**(फुसफुसाकर)** तुम वह डंडा

युगांतर

उठा लो। मैं दरवाज़ा खटखटाता हूँ, तुम मारने के लिए तैयार रहना। यहीं मारके गिरा दो!

शंकर : **(लपककर डंडा उठा लेता है और तानकर खड़ा हो जाता है)** खटखटाओ तुम?

विजय : **(खटखटा कर)** दरवाज़ा खोलो...ऐ कौन है भीतर, बाहर निकलो?

[*भीतर एक पंडितजी हैं, वे वहीं से बड़बड़ाते हैं।*]

पंडितजी : कौन है जी, मैं आराम कर रहा हूँ! हल्ला न करो।

विजय : **(चीखकर)** बाहर निकल! नहीं तो दरवाज़ा तोड़ता हूँ!

[*पंडित जी हड़बड़ाकर दरवाज़ा खोलते हैं और झाँकते हैं, इतने में शंकर डंडा चलाता है पर पंडित जी सिर भीतर कर लेते हैं।*]

पंडितजी : क्या बात है जी...

शंकर : **(बाँह पकड़कर खींचते हुए)** निकल...हमारे कमरे में घुसा हुआ बैठा है...

पंडितजी : यह कमरा मेरा है! **(बाहर दरवाज़े पर आकर)** आप किस कमरे में ठहरे हुए हैं?

विजय : दस नम्बर में...(दीवार पर देखकर) यही तो है दस नम्बर!

शंकर : हाँ, यही है दस नम्बर!

पंडितजी : आप किसी और कमरे में ठहरे होंगे...

विजय : **(बिगड़कर)** निकलें...**(भीतर घुसने की कोशिश करता है)** हटिए ...आओ शंकर...

[*दोनों धक्का-मुक्की करके भीतर घुसने की कोशिश करते हैं। पंडितजी हल्ला मचाते हैं।*]

पंडितजी : मैनेजर साहब...हाय लूट लिया...मैनेजर साहब बचाइए...

[*मैनेजर दौड़ता हुआ आता है।*]

मैनेजर : आप लोग कौन-कौन हैं? रुकिए...रुकिए...

विजय : **(पंडित की ओर इशारा करके)** यह आदमी मेरे कमरे में घुसा हुआ है...इसे निकालिए!

मैनेजर : आप हमारे होटल में ठहरे हुए हैं?

शंकर : जी!

विजय : और कमरा नम्बर दस में!

मैनेजर : आपका नाम?

विजय : श्री विजय बहादुर वर्मा !

शंकर : श्री शंकर प्रसाद शर्मा!

मैनेजर : **(बगल का रजिस्टर खोलकर देखते हुए)** आप...आप...आप लोग हमारे होटल में तो ठहरे नहीं हैं। कहीं भी नाम नहीं है! **(उन्हें ताककर)** किसी और होटल में ठहरे होंगे!

विजय : **(होटल के नाम की तख्ती पढ़ते हुए)** होटल का नाम... नाम...कमरा नम्बर याद है मुझे! कमरा नम्बर दस!

शंकर : और होटल का नाम...(सिर खुजलाता है)

विजय : वह तो याद ही नहीं किया...बाप रे बाप...

[*मैनेजर तथा पंडित उन्हें घूरते हैं। विजय और शंकर हाथ मलते खड़े हैं।*]

(तभी पर्दा गिरता है)

कंजूस

[*एक लड़का सेठ के वेष में खाट पर बही-खाता लिए हुए बैठा है और हिसाब-किताब कर रहा है। चश्मा नाक की नोक पर है। वह कुछ परेशान है। सामने पिछली दीवार की खूँटियों पर उसके बहुत-से कपड़े टँगे हैं। वह बार-बार उठकर इधर-उधर काग़ज़ खोजता है, फिर परेशान-सा अपना हिसाब करने लगता है। इसी समय एक बेहद ग़रीब नौकर हाथ जोड़े हुए प्रवेश करता है। नौकर बहुत गन्दे और फटे हुए कपड़े पहने है।*]

बुद्धू : सेठजी, नमस्ते।

सेठजी : **(बही से आँख उठाकर)** हैं, कौन हो तुम। क्या काम है?

बुद्धू : आपको एक नौकर की ज़रूरत थी।

सेठजी : **(अपना काम करते हुए)** हाँ, थी तो...

बुद्धू : हमें रख लीजिए सरकार, बहुत गरीब आदमी हूँ, आपकी बड़ी सेवा करूँगा। खूब सेवा करूँगा सरकार!

सेठजी : क्या नाम है तुम्हारा?

बुद्धू : जी, बुद्धू सरकार!

सेठजी : **(प्रसन्न होकर)** नाम तो बहुत अच्छा है तुम्हारा **(बही**

खाता एक ओर सरका कर) लेकिन देखो, मुझे कंजूस नौकर चाहिए।

बुद्धू : (प्रसन्न होकर) कंजूसी में आप हमसे हार मान जाएँगे सरकार...

सेठजी : (उठकर उसके चारों ओर घूमकर उसे देखते हैं) हूँ, लगते तो ठीक हो...पर तुम कंजूस हो, यह कैसे मान लूँ...

बुद्धू : (बात काटकर) इसी कंजूसी की वजह से तो मैं निकाला गया था सरकार!

सेठजी : क्यों? क्या कंजूसी की थी?

बुद्धू : (अपने कपड़े दिखाकर) ये दस साल पुराने कपड़े हैं सरकार...

सेठजी : और इन्हें तुम अभी तक पहन रहे हो!

बुद्धू : जी, जब हमारे मालिक नहीं होते थे, तो मैं उनके कपड़े पहने रहता था...

सेठजी : मालिक के कपड़े पहन लेते थे! लेकिन मेरे साथ ऐसा मत करना।

बुद्धू : तो एक जोड़ा नए कपड़े हमें दिलवा दीजिए, फिर ज़रूरत ही नहीं रह जाएगी...

सेठजी : (कान के पीछे खुजलाकर) तब मुझे क्या फायदा होगा? नहीं जी, कपड़े-वपड़े नहीं दे सकता मैं।

बुद्धू : हुज़ूर आपका नाम होगा कि आपका नौकर इतनी अच्छी तरह से रहता है।

सेठजी : (चतुराई से) यही तो तुम नहीं समझते। तुम्हारे पुराने कपड़े

देखकर लोग समझेंगे कि तुम हमारे बहुत पुराने नौकर हो! पुराने नौकर की बड़ी इज्जत होती है, समझे!

बुद्धू : बहुत अच्छा सरकार! तो काम करूँ?

सेठजी : हाँ-हाँ, अभी से ही काम करो। देखो बुद्धू, अभी ही एक बहुत बड़े व्यापारी आते होंगे। उनसे मुझे ज़रूरी काम है।

बुद्धू : जो बताइए, सो करूँ सरकार!

सेठजी : उनके ऊपर बस यह रौब जमाना है कि हम बहुत अमीर हैं, करोड़पति हैं। समझे!

बुद्धू : बहुत अच्छा हुज़ूर!

सेठजी : उनके सामने कोई ऐसी बात न होने पाए कि सब मामला बिगड़ जाए...

बुद्धू : तो सरकार, हमें एक जोड़ी साफ़ कपड़े ज़रूर दे दीजिए, उनके सामने आना-जाना पड़ेगा...

सेठजी : **(कुछ गुस्से से)** अभी काम करते दस मिनट नहीं हुए और मैं तुझे बीस रुपये के कपड़े उठा कर दे दूँ? ऐसा कच्चा आदमी नहीं हूँ...काम करना हो तो कर, नहीं तो रहने दे। एक बार समझा दिया कि पुराने कपड़े से नौकर पुराना मालूम होता है। मैं कंजूस नौकर चाहता हूँ।

बुद्धू : **(स्थिति सँभालते हुए)** बहुत अच्छा सरकार...बहुत अच्छा सरकार।

सेठजी : **(खाट पर बैठकर हिसाब मिलाते हुए)** ज़रा झाड़ू लगा दे।

[*नौकर बढ़कर झाड़ू उठा लेता है और पट्ठे का एक बड़ा-सा टुकड़ा। झाड़ू एक ओर रखकर पट्ठे के टुकड़े से हवा करके धूल उड़ाने लगता है। धूल उड़कर सेठजी की नाक में घुसने लगती है।*]

सेठजी : यह क्या कर रहा है, बुद्धू?

बुद्धू : कमरा साफ़ कर रहा हूँ।

सेठजी : तो झाड़ू से साफ़ कर, ज़रा दबाकर।

बुद्धू : झाड़ू घिस जाएगी सरकार...कोई आएगा तो हाथ में पकड़ लूँगा।

[*बाहर से श्यामलाल आवाज़ लगाते हैं। सेठजी उछलकर खड़े होते हैं।*]

सेठजी : **(बुद्धू से)** देख वो आ गए। झाड़ू हाथ में पकड़ ले! सँभालकर काम करना, समझे!

[*सेठजी श्यामलाल को लेने बाहर जाते हैं।*]

बुद्धू : **(चारों ओर सूना देखकर)** मैं बताऊँगा कंजूसी क्या होती है? बड़ा कंजूस बनाता है! **(खूँटी से धोती उतारकर)** यही धोती न पहनी तो क्या बात रही...

[*सेठजी श्यामलाल के साथ प्रवेश करते हैं, श्यामलाल सूट-बूट पहने हैं।*]

सेठजी : **(श्यामलाल को भीतर लाते हुए)** आइए श्यामलाल जी, आपका ही इंतज़ार कर रहा था।

श्यामलाल : हाँ, जल्दी बताइए, क्या काम है, मेरे पास वक़्त बहुत कम है।

सेठजी : **(आदर से)** आइए, बैठिए तो। **(बुद्धू से)** ओ बुद्धू, ज़रा कुछ नाश्ता-वाश्ता ला जल्दी से। **(श्यामलाल से)** बैठिए...

[*दोनों खाट पर बैठ जाते हैं।*]

श्यामलाल : हाँ, कहिए...

सेठजी : आप हमारे व्यापार में रुपया लगा लीजिए...

श्यामलाल : सेठजी, आपकी साख बहुत अच्छी नहीं है। आज कंजूसी की वजह से व्यापार बढ़ा नहीं सकते, फिर हमें क्या फ़ायदा होगा।

सेठजी : आप कंजूसी की बात करते हैं। मैं एक-एक पैसा लगा देता हूँ, बचाकर कुछ नहीं रखता...**(बुद्धू को खड़ा देखकर)** नाश्ता ला!

[*बुद्धू बाहर निकलने को होता है, तभी एक बेहद गंदा और नंगा भिखारी बाहर से आवाज़ देता है।*]

भिखारी : एक पैसा मिल जाए, दाता एक पैसा दिला दे।

बुद्धू : **(वहीं रुककर)** कौन है बे!

भिखारी : एक पैसा भगवान! बहुत भूखा हूँ...

[*बुद्धू बाहर निकल जाता है।*]

श्यामलाल : **(बुद्धू को बाहर जाते देखकर)** अरे नाश्ता-वाश्ता रहने दीजिए सेठजी...

सेठजी : कैसी बातें कर रहे हैं। अभी आता है, एक मिनट में। **(कुछ सोचकर)** जी, मैं चाहता था कि इस व्यापार में कुछ रुपया और लग जाए तो चमक जाए।

श्यामलाल : हूँ, रुपया लगाने की बात तो ठीक है, पर सेठजी मुझे हर बार धोखा हुआ...या तो कंजूस से पाला पड़ा, जो सब मुनाफ़ा खा गया, एक पाई नहीं मिली या फिर ऐसे व्यापारी से पाला पड़ा, जो सब उड़ाकर दिवाला निकाल बैठा।

सेठजी : मेरे साथ दोनों खतरे नहीं हैं। कम-से-कम मैं कंजूस नहीं हूँ और रुपया तथा माल तो मैं बेहद सँभालकर रखता हूँ।

[*बुद्धू भिखारी को लिए हुए कुछ सिखाते हुए भीतर आता है।*]

सेठजी : ले आया नाश्ता!

श्यामलाल : **(भिखारी को देखकर)** ले तो आया! **(हँसकर, फिर घृणा से देखते हुए)** यह क्या लाया है, भाई!

[*सेठजी भिखारी को देखकर नाक-भौं सिकोड़ते हैं।*]

बुद्धू : **(श्यामलाल से)** यह हमारे मालिक का सबसे पुराना नौकर है, हुज़ूर!

सेठजी : क्या बकता है?

बुद्धू : **(बहुत सरलता से)** आपने ही तो कहा था कि जो जितने गन्दे कपड़े पहनता है, वही हमारा सबसे पुराना नौकर समझा जाता है!

श्यामलाल : यह क्या कह रहा है, सेठजी!

सेठजी : **(स्थिति को सँभालते हुए)** अरे...मैं भूल गया। यह हमारा सबसे पुराना नौकर है। इसे तो मैंने कपड़े देने के लिए बुलाया था। बेचारा नंगा घूमता है। **(बुद्धू से)** इसे मेरी वह चादर उतारकर दे दे!

[*बुद्धू भिखारी को चादर उतारकर देता है।*]

बुद्धू : **(हाथ जोड़कर)** सेठजी, मैं भी आपका बहुत पुराना नौकर हूँ...कुछ हमें भी मिल जाए सरकार। **(कपड़े दिखाकर)** बिल्कुल फट गए हैं?

सेठजी : **(श्यामलाल की आँख बचाकर दाँत पीसते हैं, पर स्थिति सँभालकर)** कैसी बातें करता है बुद्धू...अच्छा तू भी ले ले। अपने लिए वह धोती उतार ले...

बुद्धू : **(धोती उतारकर)** सरकार, जाड़ा बहुत लगता है। कोट ले लूँ...

सेठजी : **(दबसट में फँसकर)** कोट भी ले ले भाई। पीछा तो छोड़ और भाग यहाँ से।

बुद्धू : **(धोती और कोट लेकर)** निकल जाऊँ सरकार!

सेठजी : हाँ, भाग यहाँ से।

बुद्धू : अब नहीं आऊँगा सरकार। आप दूसरा नौकर रख लें...

[*बुद्धू बहुत खुशी से बाहर निकल जाता है।*]

सेठजी : **(बुद्धू की बात अनसुनी करके स्थिति सँभालते हुए)** देखा आपने,

...मैं रुपए की बिल्कुल परवाह नहीं करता। इसी तरह सब बाँट देता हूँ...

श्यामलाल : **(उठकर चलते हुए)** तब कर चुके आप व्यापार। बस... बस...रहने दीजिए। मैं रुपया लगाऊँगा, आप इसी तरह लुटा देंगे!

सेठजी : **(हताश होकर)** सुनिए तो...क्या कहा आपने...

श्यामलाल : **(बाहर निकलते हुए)** मैं रुपया नहीं लगा सकता।

[*श्यामलाल चला जाता है।*]

सेठजी : क्या?...दोनों तरफ से मारा गया। इतने कपड़े भी फोकट में चले गए...**(हाथ पसारे खड़ा रह जाता है।)**

(पर्दा गिरता है)

•••

प्रश्नोत्तरी

1. कहानी किसने सनाई?

(अ) मुन्ना ने | (ब) मदारी ने
(स) मुन्नी ने | (द) रमेश ने

2. विनय ने किसको बहन कहा?

(अ) शीला को | (ब) राधा को
(स) कुंती को | (द) रानी को

3. शिवाजी की माँ का क्या नाम था?

(अ) सीता | (ब) जीजाबाई
(स) सतवती | (द) कुन्ती

4. शिवाजी महाराज ने सिंह चला गया किसे कहा?

(अ) सदाशिव को | (ब) रामदास को
(स) औरंगज़ेब को | (द) तानाजी को

5. एकलव्य ने किसको गुरु बनाया था?

(अ) परशुराम को | (ब) द्रोणाचार्य को
(स) श्री राम को | (द) हनुमान को

6. कुरुवंश के ज्येष्ठ राजकुमार कौन थे?

(अ) दुर्योधन (ब) भीम

(स) युधिष्ठिर (द) अर्जुन

7. एकलव्य ने गुरु दक्षिणा में क्या दिया?

(अ) अगूंठा (ब) अंगुली

(स) चांदी (द) तांबा

8. मेंढकी ने किसको भाई कहा?

(अ) कछुए को (ब) चील को

(स) कौए को (द) भालू को

9. सेठजी के पास नौकरी माँगने कौन आया?

(अ) बुद्धू (ब) रामू

(स) भिखारी (द) छोटू

10. एक जोड़ी कपड़े बुद्धू ने किससे माँगे?

(अ) रामू से (ब) राजा से

(स) दुकानदार से (द) सेठ से

<u>उत्तर</u>

1. अ 2. अ 3. ब 4. द 5. ब 6. अ 7. अ 8. स 9. अ 10. द